思念，是对这个世界的深情告白

《读者》杂志社 编

时代文艺出版社

图书在版编目（CIP）数据

思念，是对这个世界的深情告白 /《读者》杂志社编. —长春：时代文艺出版社，2016.12

ISBN 978-7-5387-5329-5

Ⅰ. ①思… Ⅱ. ①读… Ⅲ. ①故事－作品集－世界 Ⅳ. ①I14

中国版本图书馆CIP数据核字（2016）第270275号

出品人　陈　琛
产品总监　郭力家
出版监制　刘　峰
产品经理　江　泉
责任编辑　付　娜
助理编辑　吕　天
装帧设计　荆棘设计
排版制作　闻章天成

思念，是对这个世界的深情告白

《读者》杂志社 编

出版发行 / 时代文艺出版社
地址 / 长春市泰来街1825号　时代文艺出版社　邮编 / 130011
总编办 / 0431-86012927　发行部 / 0431-86012957　北京开发部 / 010-63108163
官方微博 / weibo.com / tlapress　天猫旗舰店 / sdwycbsgf.tmall.com
印刷 / 三河市万龙印装有限公司
开本 / 710mm × 1000mm　1 / 16　字数 / 178千字　印张 / 16
版次 / 2016年12月第1版　印次 / 2016年12月第1次印刷　定价 / 35.00元

生命，是一个从荒芜到芳草萋萋的过程。在这个过程里，

我们最不能忽略也无法忽略的，是家。

“家是一个人点亮灯在等你。”记不得这样温馨的文字出自哪本书了。可是确实啊，从一个人生下来家就是他生命中一束橘黄的灯光。因为有家，因为有深沉的牵挂，生命才不会因无根而枯萎；也正是因为有家，因为有如此深沉的牵挂，生命才会熠熠生辉。

我的母亲是我的欢乐之源，我感到，她仿佛给了我一项指令：不管我感到多么难过，都不要辜负她宝贵的品德——享受生命的欢乐，并将这种欢乐变成与时代相适应的东西。

于是，像母亲一样，我自然而然地懂得了，一旦你摆脱了孤独的痛苦纠缠，那么你就会不仅因为别人，甚至会为一个小小的树枝感到欣喜，你会在这些枝杈之间泄露的阳光中、在簌簌颤动的树叶上看到整个世界，就好像世界是一个充满光彩夺目的珍宝的巨大储藏室。

每个父亲都是一把钥匙，为儿女开启
生命，打开生活的大门。

人的一生虽然有许多事情能够有重来的机会，比如金钱、事业等，但只有情感是一旦失去就无法重来的，尤其是那些来不及回报的情感，这也是人生最珍贵的东西。

于是，我开始想念故乡，想念我的父母。我猜想他们此刻是在为我的不辞而别恼怒，还是在四处打听我的行踪，心急如焚？刹那间，我决定回家，态度比决定出走时更为坚决。

那天我坐在客厅，她说要出门赴约。是男友的约会？她点头称是。十七岁的女儿，刻意为自己化妆。淡淡的胭脂，轻施唇上。魔幻写实的技巧，恐怕也比不上她的干脆利落。转眼之间，她已变成一位陌生的少女。

目录

母爱是月亮

父爱是棵树

宝贝，宝贝

家，是一页一页翻过去的琐碎的日子

母爱是月亮

你一看就是个当妈的

赵天祈

小学三年级的时候，老师问我妈是做什么工作的。我愣了半天，说："我妈？我妈……不就是个当妈的？"

真的，很久以来，我都以为妈妈只是个在家当妈的——洗洗涮涮，伴随着唠唠叨叨，偶尔写写弄弄。有一次，妈妈在杭州看一场演出，突然被两个哑剧演员请上舞台，让妈妈坐上太师椅客串母亲的角色。事后，他们对妈妈说，那天扮演妈妈的女演员因故缺席，他们只好在观众席中迅速"扫描"，一眼就看中了妈妈，还说："你一看就是个当妈的！"

于是，我看到《北京青年报》上刊出了一张照片——一对来自北京、曾获“国际最像人物比赛”大奖的双胞胎兄弟，正在表演哑剧《出生》。照片上的妈妈很安详地弯曲着背，享受着这哥俩孝顺的捶击。我看了照片还哭了鼻子，大声责问妈妈，怎么又多了两个大儿子。事实上，妈妈给我留下的最深的印象就是那弯曲着的背。她自己也说：“妈妈的背理应是你童年的摇篮。”因为我小时候多病，一生病就趴到妈妈的背上。那时候，妈妈的背是一副担架，把我一次次抬进医院。当我遇到一些跨不过去的“河流”时，妈妈弯曲的背又变成一座桥，让我渡过难关……

在北京，一位阿姨给妈妈送来一辆自行车，说骑车带儿子吧，别背着，太累。于是妈妈就去买架在车上的宝宝椅。谁知一连转了三天也没见到。她只好弯着腰，去敲一个个邻居家的门，像一个要饭的，去讨一把别人用过的宝宝椅。遗憾的是仍然没有。原来，北京人爱用一种固定在自行车后面的金属宝宝椅，而妈妈想要的是用竹条编的那种，因为她怕铁椅子凉着我的屁股，使我容易生病。妈妈继续不屈不挠弯着背向别人讨，结果妈妈的精神感动了一位胖阿姨。有一天，突然传来了一声脆亮的吆喝：“如姐，我给你讨来了！”只见那位阿姨两手各举着一把宝宝椅，像举着两面胜利的旗。那胖阿姨也是跑了十来户人家讨来的。

从此，妈妈在自行车后面驮着我，前面装着一个搁菜的兜兜。我总是看到妈妈弯曲着的背。北京的路那么长，我常常坐着坐着就趴在妈妈背上睡着了。我感觉这背上有家的温暖，也有单亲妈妈支撑这个家的许多无奈。那时我们住在筒子楼里，什么电器也没有。没洗衣机，我就跟妈妈去买搓衣板，记得至少跑了七八家杂货店才买到一块。至今我还记得妈妈弯曲着背，坐在一把小板凳上，前面是装满脏衣服的小木盆，盆中搁着那块搓衣板。妈妈卷起袖子，在搓衣板上用力搓着……

当时我不知道，妈妈其实在中央电视台工作，偶尔出现的镜头里，妈妈很从容地采访着众多名流。听说妈妈年轻的时候，还有点儿傲气。因为有才有貌，所以头昂得挺高。自从有了我，头就一点点低下去，背就一点点弯下来……

直到现在，妈妈还经常为我弯下腰。上次我在学校闯祸弄破了手，血流不止。妈妈得知后，立即赶到学校。她弯下腰，对老师说："对不起，我家孩子又给你们添乱了。"她到了医院，又弯下腰问医生："要不要紧？需要缝针吗？"我突然感到很对不起妈妈。因为是我，让妈妈操了太多的心。那天回家后我主动弯下腰对妈妈说："对不起，让您弯了太多次腰。我读了史铁生的书，他写书的全部动力最初来自一个愿望——要让妈妈骄傲一下。我也一定要让您重新直起腰，昂起头！"

妈妈笑容里含着泪说："史铁生的妈妈可没等到让她骄傲的一天。妈妈并不是为了让你报答才来当这个妈妈的。我只想你将来成为一个站立着的人！只要某一天你在我的墓碑上写着：一个尽力当妈的……"

母亲与故乡

〔俄〕米·普里什文

为了说清楚我是怎样成为作家的，我首先要告诉你一些人的故事，他们在我的生活中留下了痕迹，并影响了我的个人行为。

第一个这样的人是我的母亲。我之所以将她作为我的这番话中最重要的人物，不仅仅是因为她生育了我。这个旁人看来如此普通的人对于我就像一面纯净的镜子，我在她身上看到自己亲爱的、值得为之而生和为之而战的母亲和故乡。她对于我，就像外祖母对于高尔基一样。

许多人对于故乡的感情，是与他出生的地方的景观密切相关的。但是我年轻时并不喜欢我的家乡叶列茨的景观。这片高低起伏的黑土地带被条条黄色的黏土沟壑切成两半，沟里尽长些矮小的橡树丛，既非草原，又非森林，而且没有经过任何规划整治。

但是对以母亲为代表的故乡的感情，却使我将任何一片寄予深厚情感的土地认作我的故乡。我甚至不需要长时间地住在某个地方，我只要怀着母亲那种对土地的炽热情感看一眼我喜欢的景色，这片土地就会成为我的故乡。

我的母亲是一个很健康的人，她性情很乐观，甚至不喜欢太久地为那些不幸的人伤神。她自己生活得也很不容易，她所得到的任何好的东西都不是出于偶然，而是努力的结果。

多年以来，我无意识地站在母亲一边，现在却不得不更加认真地看待当时我认为“可怜”的人们。我想责备母亲，不是因为她对生活的乐观态度，而是因为她对这种态度的表达不合时宜：合乎时代基调的不是快乐，而是痛苦，从卡利亚耶夫开始，人们便前仆后继地向着痛苦走去。

那个时候的风气正是对于痛苦的同情，在此土壤中产生了像格列勃·乌斯宾斯基以及“神圣的民粹派”这样的作家，他们在自己的读者中提倡相应的行为方式：怜悯。我对此非常理解，所以将自己对母亲的爱与欢乐的感情联系在一起，尽管它与那必须遵行的怜悯是相悖的。我没有任何证据来证明这种生活感觉的正确性，但却私下认为我的理解更加正确，我总是为母亲辩护，无意中竭力为她开脱。

自从我开始写作之后，人们一直认定我有一种对大自然诗意的感情。其实这完全不是我从小具备的特殊禀赋。孩子本身就是自然的一部分，而这种复杂的情感是在生活中逐渐养成的。这种情感是在我第一次和母亲分开的时候开始产生的。那时她把我送到城里，而自己回到了乡下。就在那时，在泪水和伤心绝望的情绪中，我才觉得自己离开的那个世界有多美好，在我的想象中，故乡的大自然与见到母亲时的幸福是联系在一起的。

于是这种幸福像一股时断时续的电流在我身上流过。出于人类的本性，我们遇到好的东西以后就会把不好的东西忘却，所以在聚首与分别互相交替的过程中，便产生了一种类似高度紧张的电流的东西：生命快乐之流。

我的母亲是我的欢乐之源，我感到，她仿佛给了我一项指令：不管我感到多么难过，都不要辜负她宝贵的品德——享受生命的欢乐，并将这种欢乐变成与时代相适应的东西。

因此，还在那个时候，我一生的事业就已经初露端倪，那就是不要将所有的行为建立在同情之上，而是建立在神圣的欢乐之上，因为世界上没有比欢乐再好的东西了，它比幸福还要好。

当我还很小的时候，有时候醒来早了，会透过壁龛的小洞窥视母亲的脸。她也醒了，但是她一个人的时候完全不是我们大家所看到的样子：她显得古怪、阴沉，皱着眉头，非常痛苦地想着心事，时而忍不住唉声叹气。我看到她这个样子，就会很害怕，惊慌失措，不由得把头扎到她的怀里。这时她一下子就高兴起来了，容光焕发，好像刚升起来的太阳。

我就是在童年的这些印象基础上，根据那种叫作“天才”的心灵要素，来建立自己的行为的。

如果描写自己的内心世界，就意味着不仅要写欢乐，还要写痛苦，因为一个人是很难对自己满意的。但如果写别人的话，在我看来就意味着将自己的痛苦变为快乐。我的母亲很显然就是这样做的：她一个人的时候是一个样子，而当看到别人的时候，立刻变成一个快活的人。

于是，像母亲一样，我自然而然地懂得了，一旦你摆脱了孤独的痛苦纠缠，那么你就会不仅因为别人，甚至会为一个小小的树枝感到欣喜，你会在这些枝杈之间泄露的阳光中、在簌簌颤动的树叶上看到整个世界，就好像世界是一个充满光彩夺目的珍宝的巨大储藏室。

那么，何必过多地为了行为的问题伤脑筋呢？一个艺术家的行为应当像创造了无私的财富的万物一样：这种行为就是从无可逃避的痛苦中寻找出路。

像对于母亲一样，我也曾透过壁龛上的小洞窥视我的故乡，看到了它的痛苦。而当我再也无法忍耐，拿起棍子，背起行囊的时候，我看到母亲在微笑，于是我的心胸变得异常开阔。我获得了一种特殊的力量，能够对万物怀着爱与关注的心情，生命的欢乐也由此进入了我的生命。

对我来说，没有比阳光之春更好的季节了，因为这时候一切美好的东西都还在前面。您走在那阳光中，会看到森林的边缘长出了新的小白桦，它们在云杉中间晒着暖洋洋的阳光，旁边是一片干燥的草茎。您沿着林边向前走，对所有这些小事都毫不留意。雪地在阳光下发出清新的气息，把您的思绪带向蓝天，飞向今年第一次出现的大朵的云彩。只有夏季才会经常看到这样的云。

有一棵草茎，长长的，黄色的，顶着瘪瘪的穗状花序，竭力要引起您的注意。一股偶然吹过的穿堂风帮了它的忙，它又是摇摆，又是弯腰，于是您的思绪从天空回到它的身上，弯下腰，惊讶地端详着，研究着这棵长长的、带有穗状花序的黄色草茎。

由此您会注意到，在它周围的雪地上有一些黑点，那是金丝雀在冬天里碰落的种子。您会在穗状花序上发现一颗幸存的种子，用纸把它包好，回家种在花盆里。很快，您眼看着长出了一棵新的绿色草茎，它是由于您对平凡生命的关注才得以诞生的。没有人需要它，但它却使您快乐。

您就这样走啊走的，充满欢乐与关心，不时地发现一棵草、一只鸟、一截树枝、一个小动物，在这辽阔无垠的大地上不停地越走越远。

母亲也有九条命

周珂银

她，是我姨妈的一位老同事，退休多年，与姨妈交往甚密。初次见她我很惊讶，一个六十岁出头的女人，居然还可以这样好看：饱满的脸形，白皙的皮肤，身着素雅的藕色套裙，微笑时神情和蔼。怎么看，她都是一个幸福的女人。

那时我还居住在老房子里，在我家对面有一家小杂货店，店名为“手足情”。经营这家店的是一对三十来岁的聋哑夫妇，小两口十分勤勉，将小店打理得井井有条。尽管他们不能说话，却有一个口齿伶俐的小女儿，叫起人来脆生生的，惹人喜爱。

后来我家乔迁新居。一次，在新居附近闲逛，无意间又发现了一家叫“手足情”的小店，经营者也是一对年轻夫妇。男的有着和他年龄不相称的矮个头，显然是一个侏儒症患者；女的模样蛮清秀，但走起路来却跛得厉害。我诧异，难道这是一家由残疾人开设的连锁店？怀着好奇，我进店购物，意在与店主聊上几句。那男的开朗且十分健谈，他告诉我，先前的那家店是他哥哥的，他们兄弟俩的店铺都是在母亲的张罗下开的，店名也是母亲起的，其意是要兄弟俩互相扶持，在社会上自食其力……

正聊着，进来了一个熟悉的身影，咦，那不是她吗？未等我开口，男店主的一声“妈”，让我刹那间怔了一下，难道看上去那么幸福的她，却有这样两个不幸的儿子？未及我回过神，她已过来拉着我的手说：“真是巧呀，在这里遇到你。”她喜滋滋地拍拍男店主的肩膀说，“这是我小儿子开的店，我大儿子还另有一家店铺呢。我现在每天去大儿子那里照看孙女，来小儿子这里管管店铺，整天忙忙碌碌的，连你姨妈叫我去玩儿的工夫都没有呀。”她的神态、言语，依然洋溢着幸福之感，我竟然也和她一道喜悦起来了。

她送我出店门，我说：“阿姨，你可真不容易，还这样乐观。”她一声轻叹，微笑着道：“我爱人身体不好，两个孩子又从小残疾，我再灰头土脸的，孩子们岂不是更自卑了。我必须振作，带着他们自立。还好，政府对残疾人创业有很多优惠政策，大家也帮助我们。虽说人生不如意事十之八九，但总还有一二是如意的，那就多想想如意的一二，还是可以乐观的嘛。”

又过了一段时间，姨妈告诉我，那位阿姨生病住院了。我问：“要紧吗？”姨妈说：“什么要紧不要紧，我这位老妹子呀，每次都要紧，每次都挺得过来。都说猫有九条命，做母亲的也有九条命。孩子没安置好，她就会拼命活下去，这就是母亲的本能。”说着说着，姨妈的眼睛湿润了，“其实，她早就为孩子操碎了心。多漂亮的人啊，四十岁不到时，头发和牙齿便开始脱落了，但她戴着头套、装好假牙，还是那么开朗。那时候，她是我们的车间主任，忙完了厂里再忙家里，可真难为她了。现在，她的孩子们都成家立业了，不晓得她还能不能过得了这个坎……”

或许是太累，抑或是完成使命了，她终于驾鹤西去。好几年了，每当我有所失，或有什么不顺利，都会想起她面对多舛命运时的那份坦然，还有，她微笑着说的：“那就多想想如意的一二，还是可以乐观的嘛。”

最宝贵的财富

〔英〕T. V. 帕德玛　庞启帆编译

从前，挪威有一个名叫哈尔沃的男孩儿。他和他的母亲住在布约尼斯特德大森林附近的一间小屋里。

哈尔沃的母亲有一头绸缎般光滑的金发，但她的手上却结满了老茧。为了维持母子俩的生活，她从早到晚都在缝制衣服。每天晚上停下手中的活时，她的指尖都感到一阵阵刺痛，她的眼睛也因为过度劳累而疼痛无比。她只有一件破旧的羊毛披肩，在冬天缝制衣服时，经常冷得发抖，不停咳嗽。

哈尔沃憎恨自己年龄太小而帮不上母亲的忙。一个冬夜，看到母亲的身体在微微颤抖，哈尔沃说："我长大后，一定要找到一条致富的道路。那时，我会给你买很多很多衣服，让你每天都吃上丰盛的饭菜，并且，让我们的火炉燃起熊熊的火焰。这样，妈妈，你就不会再冷得发抖和咳嗽了。”

“我不需要很多衣服与丰盛的饭菜，我的宝贝。”他的母亲说，“有你就够了！”

那天晚上，哈尔沃躺在床上想：没有办法迅速长大，但有办法迅速找到财富吗？一定有某种东西使一个小孩儿也能变成富翁。突然，他听到从布约尼斯特德大森林深处传来一声巨人的怒吼。这个可怕的声音使他想到了一个主意。比杉树还高的巨人在森林里漫游，小精灵也在里面急匆匆地跑。哈尔沃曾听说过，如果精灵被抓住，他为了换取自由，会实现人类的一个愿望。人类可以向小精灵请求宝贵的财富，但是必须在巨人发现之前找到精灵，要不然就会被巨人活活踩死。

第二天一大早，哈尔沃从床上爬起来，偷偷溜出家门，朝森林的方向跑去。他毫不畏惧地走进森林，越往里走，光线就越暗，最后几乎看不清眼前的路。哈尔沃吃力地走着，他知道只有在森林的最深处才能找到精灵。他甚至听到了巨人伐木的声音，但他继续勇敢地往前走。

终于，哈尔沃再也走不动了。前面的树紧紧缠绕在一起，他没法走过去。于是，他在一根苔藓覆盖的树干后坐下，睁大眼睛，静静等候精灵的出现。大约一个小时后，一个细长的身影从他眼前滑过：是精灵。哈尔沃一跃而起，抓住了他。精灵疯狂地挣扎。

“你想干什么？”精灵满脸痛苦地问，“一个愿望，是吗？”

“是的。”哈尔沃答道。

“人类，”精灵叹了口气道，“永远让我们无法安宁。”

哈尔沃看着在他手里扭动的精灵，大脑飞速思考该向精灵请求什么。宝石比黄金更贵重吗？妈妈喜欢红宝石还是钻石，或者一座城堡？

“嗨！快点儿做出决定。”精灵抱怨道，“我还有工作要做呢。”

精灵只能满足我一个愿望。母亲最喜欢什么呢？

“给我的母亲对她来说最宝贵的财富，”哈尔沃最终说道，“保证她永远不会失去它。”

精灵问道：“就这个？”

“是的。我希望她无论在哪里都能得到她认为最宝贵的财富，并且只要她活着，她就能平安地拥有它，请你马上实现我的愿望。”哈尔沃答道。

然后，他松开双手让精灵走了。他发现自己已经站在了家门前。他简直不敢相信自己的眼睛。没错，在他的眼前，是那间最熟悉不过的平房，看上去还是那么破旧，不是他预想中的城堡。也许屋内的母亲已经得到了财宝，他想。

他撞开门，屋内还是老样子，没有别的东西。他的母亲从椅子上跳起来，披在她肩上的仍然是那条破旧的羊毛披肩。

“哈尔沃，我的宝贝。”他母亲哭道，“你去哪儿了？”

“我去做使你富裕起来的事，妈妈。我走进森林，抓住了一个精灵。我请求他给予你对你来说最宝贵的财富，让他保证，只要你还活着就不会失去它。那个小精灵欺骗了我。我们依然贫穷。”

说完，他的泪水忍不住流了下来。他的母亲摇摇头，笑了。“小精灵没有欺骗你，我的宝贝。”她说，“你就是我最宝贵的财富。妈妈一辈子都会珍惜你。”

她紧紧地抱着他，用结满老茧的手轻轻地抚摸他的头。哈尔沃的泪水仍然不停地流着，但他的母亲却开始大笑起来。最后，哈尔沃也跟着母亲笑了起来。

“你也是我最宝贵的财富，妈妈。”他说。哈尔沃终于领会了妈妈的意思。

哈尔沃的母亲笑了。哈尔沃虽然一辈子都没有成为有钱人，但他从那时起就快乐地生活着。因为他和他的母亲互相拥有着最宝贵的财富。

总与一缕炊烟有关

江湖一刀

写下这个题目，我仿佛又看到母亲从一缕炊烟中走出来，用树皮般粗糙的双手，拍打掉衣服上的灰尘，理净发丛里的草渣，然后静默地站在老屋的矮檐下，像一只在窝旁守候的老鸟，若有所待地张望着村前的小路。时间往往是黄昏，彩霞满天；或傍晚，薄暮冥冥。父亲还在田地里劳作，我和妹妹走在由学校回家的路上。那时，最迫切的愿望，便是能望见自家屋顶上的炊烟——那甜暖的香，再远，也能点亮了我们的眼睛和脸庞。

母亲等饭熟了，就在夕光薄岚里，在飘散的几缕炊烟中，默默地守望着。偶尔，也柔柔地喊一声："吃饭喽！"那极富母性的音韵，拖得长长久久、悠悠扬扬，若唱歌一般，格外甜软、轻柔。

其实，母亲所能煮的，也就只是“饭”而已。自每年春三月下秧，到秋八月才有新谷入仓。在这段漫长的青黄不接的日子里，一天三顿，翻来覆去的，都只是红苕稀粥，或稀粥红苕。清汤寡水的，吃得让人厌烦了、诅咒了，却还是要吃、想吃。有时，就忍不住要冲母亲撒气。每到这时，母亲总是默然无语，仿佛她真是不该只煮出这样的饭食。

虽然如此，粮食却仍不够吃。吃饭时，母亲总是先给我们盛上满满一大碗，再舀自己的。饭桌上，母亲也总是坐在靠近灶屋那“挂角”（方桌的角）的位置上，捧了碗，慢腾腾地举箸援筷，似乎在品尝美味，又似乎难以下咽。每看到父亲或我们的碗空了，母亲便抢着去添饭。倘若锅里没了，母亲脸上就又是一丝愁苦和讪然，沉重得令人至今难忘。那时，母亲最大的快乐，或许也和我们一样，就是逢年过节。因为，那时她终于能给我们煮出一顿好吃的饭菜来。饭菜上桌时，母亲便会兴奋地宣布：“开饭啰，开饭啰！”那时，母亲总是很少动筷，而是凝望着我们，嘴里喃喃地说：“真想天天都能这样！”

终于能够天天都那样了，我和妹妹却不能天天都吃到母亲做的饭菜了——我到外地求学了，然后工作了，成家了；妹妹也到异乡打工，然后出嫁了。母亲仍在老家，里里外外地忙碌着，一日三餐仍在烧火做饭。我们偶尔回家，母亲总要亲自下厨忙乎。饭菜自然丰富多了，母亲脸上，却依旧流露出黯淡和讪然。父亲来信讲，你妈每顿饭都要念叨，不知娃们吃饭了没。父亲又讲，家里杀了猪，心、舌、肚都留着，你妈说看啥时能回来，她做给你们吃。

“又见炊烟升起……”每次听到这首歌，我都恍惚觉得，有一缕绵绵的炊烟，在眼前袅袅地飘升起来，那淡蓝色的烟里，满是最平常的人间气息，朴素、温暖而芳香，叫人莫名感动、惆怅，眼睛里，也禁不住一阵潮湿。我依稀看见，我那苍老而慈蔼的母亲，正站在老屋的矮檐下，站在一缕缕炊烟的背景前，远远地望我，暖暖地喊我。

那炊烟，我想，该就是母亲生命的光束了。而它，我知道，也正是我生命的初源。

母亲的背是最安稳的床

肖映菁

下基层训练的时候，我会利用闲暇的时间去老人院当义工。田婶是老人院的员工，负责打扫卫生。按理说，每天照顾老人们吃完午餐，得将餐厅打扫干净，她的工作才算告一段落。可是，每天中午，她总跑得不见人影。问及缘由，大家的回答是：她回家哄孩子睡觉去了！

田婶都三十五岁了，按她的年龄算，她家孩子至少也有七八岁了吧！这么大的孩子还要哄着睡觉？我是不信的，心里便对她有些许意见，觉得这人偷懒，哄孩子睡觉肯定是她溜回家午休的借口。

某天傍晚，我吃完饭，和同伴在村里散步，经过田婶家门口，竟然看到这样一幕：她佝偻着身子，额上汗光隐现，而她单薄的背上，竟然真的伏着一个看起来有十来岁的小姑娘！而田婶还一步一晃，像哄小孩子睡觉那样晃着她，想要她快点儿进入梦乡。我不由得有点儿生气，这么大一个孩子，还得母亲背在背上哄着睡，太过分了！原以为城里人对孩子溺爱过头，想不到村里人也这样！

同伴说，不，你误会了。田婶的女儿生下来就有先天性心脏病，后来不知道为什么又患了哮喘。医生说，这样的病人睡觉的时候要特别注意，如果躺平了睡，可能睡着睡着呼吸道一堵塞，就再也醒不过来了。田婶从此就不让女儿躺平了睡。女儿白天想睡觉，她就背着，让她伏在背上睡。就是晚上，她也是和女儿背靠着背坐着睡。她生怕一躺平了睡，女儿就会永远地睡过去……

听闻此言，再回头去看那个蹒跚的身影，我不由得深深感动。原来，世界上最温暖、最安全的床，就是母亲的背。

母亲架设的桥

〔日〕水上勉

孩提时，母亲常领我去峡谷深处，让我坐在一领蓑衣那么大的一块小小的田塍上，自己浸在齐膝的水田里插起秧来。这峡谷，背着阴，每天的日照不过三小时光景。这在村里，也是块十分贫瘠的谷地。我家就在这样的山谷口。谷里也有旱地。这儿，母亲种上甘薯、萝卜之类。上那里去，中间有条很深的小溪。上面架着桥，可是每当发起大水，就常被冲毁，母亲就常去修桥。因为这是母亲独自干活的峡谷，没法儿去托赖众乡邻。到那天，擅长修建寺庙和神社的木匠大伯，就必定从那儿归来，从山里砍来两根原木，横在狭窄的小溪上，上面排好栗木板，堆上土，然后叫我们兄弟踩结实，就成了坚固的红土桥了。

约莫过了一年，土桥旧了些，桥边杂草丛生，杂草下，露出一排排像在神社屋檐椽子上见到的那种白色缺口。而且，桥再变旧，栗木就会腐烂，一看，桥的背面竟长满了蘑菇。母亲采了来，给我们做饭盒里的菜肴。这座通向有关自己一家生计的谷田去的小桥，母亲在她的一生中不知修过多少回。若峡是常有台风过境的地区，想来怕是修过了十来回吧。不论哪回架的，这座桥总是在原木上堆着土，长起蘑菇来。

我在九岁时与母亲作别，在京都的寺院当了个小沙弥。可是一想起故乡，母亲架设的桥就会在心中浮现。那座桥，至今依然历历在目。在我外出的旅途中，每当火车通过这类山谷时，也定然会浮现。在日本这样的国土上，不知怎的，独多这样一类的深谷和山冈。无论是在青森、四国或九州，都曾见到我故乡那样的峡谷。而在那些山谷间，朝着深处去，也必然有小桥架设着。

为了微薄的收成，母亲尽心尽力架起了这座桥，由此取得我们一家的口粮，可以说，这是性命攸关的一座桥。因此，那桥，不论修得如何简陋，可仍是美好的啊！

如今，我并无须特意去鉴赏村上华岳或富冈铁斋的名作，单看到乡村画师所绘的山水画，上面画有露出原木缺口杂草丛生的桥，便不由得会潸然泪下。

母爱巧克力

汪洋

一家名叫“天使之翼”的巧克力店开在了德安克镇。开店的是一对母女，母亲叫安雅曼，女儿叫阿努尔。德安克镇环境宁静优美，但偏僻的地理位置使其鲜有外人到达。镇上的千余居民过着“世外桃源”般的生活，心地善良的他们熟识得就像一家人似的。突然出现的安雅曼母女，引起了德安克镇居民们的关注。

携着年仅八岁的女儿、来自纽约的安雅曼，全身洋溢着热情的气息。她是一位非常出色的巧克力师傅，能够做出各种样式、各种味道的巧克力。

二十五岁那年，她与一名英俊潇洒的小号手闪电结婚。然而，女儿阿努尔不到五岁时，小号手便违背当初的誓言，丢下她和女儿离家出走了。从此，阿努尔变得非常自卑，不再和母亲以外的任何人说话。经多方求医，安雅曼得知女儿在遭受父亲离去的创伤后，患上了严重的自闭症。医生告诉安雅曼，她女儿的自闭症并非一般的药物就能治疗，必须用真爱打开其心结，重新树立她的自信心。

此时的阿努尔经常将自己关在家里，并疯狂地爱上了巧克力制作。看着每天沉醉于巧克力制作的女儿，安雅曼心疼无比，她多希望女儿大胆地走到屋外的世界啊。“我不要出去，我不要看到那些目光！”听到女儿恐惧的喊叫，安雅曼意识到，那是因为女儿很在意周围的人都知道她俩被抛弃的事。看着郁郁寡欢的女儿，安雅曼做出了决定：辞职，离开纽约，到一个谁都不认识她和女儿的地方去。

来到德安克镇后，安雅曼本想将女儿送进学校，但自卑的阿努尔拒绝了母亲的要求。不想让女儿孤独的安雅曼，经过一番思考后，决定利用女儿对巧克力制作的喜爱开一家巧克力店，并坚持要求客人需要的巧克力全由女儿制作。安雅曼将巧克力店取名为“天使之翼”，希望女儿阿努尔像有翅膀的天使一样，大胆飞到外面的世界去。小店开张前，阿努尔发现母亲每天黄昏时刻都要出去，直到深夜才回来。

在安雅曼和女儿阿努尔来之前，德安克镇还没有一家巧克力店。善良的居民在欢迎安雅曼母女的到来时，也被“天使之翼”巧克力店深深吸引住了。特别是店门口的墙壁上挂着一个可爱的背着一双五彩翅膀的天使，竟然和店主安雅曼的女儿长得极像。

德安克镇的居民走进“天使之翼”，不必说自己需要什么味道的巧克力，只需走到柜台前，看安雅曼转动柜台上的转盘。转盘表面用弯曲的线条和各种颜色画着很多动物、植物以及人物等图案。当安雅曼转动转盘时，顾客仔细看着转盘，在转盘停下来前，回答安雅曼的问题："请问您看到了什么？"在听到顾客的回答后，安雅曼能够很快猜出他的心意，知道他喜欢什么味道的巧克力。如果这个客人喜欢薄荷味道的巧克力，安雅曼会喊道："阿努尔，请给客人来一份薄荷味巧克力。"很快，从不与外人说话的阿努尔会为客人送来一份中意的薄荷味巧克力。

仿佛有着神奇的魔力一般，安雅曼可以从那个转动的小小转盘里，洞悉小镇上每个顾客的心思。德安克镇的人们越来越喜欢到店里来领略安雅曼的神奇，品尝忧郁的阿努尔特制的巧克力。人们品尝后，总会用热情的眼神看着她说："这是我吃过的世界上最特别的巧克力！"

在德安克镇上，阿努尔每天都可以听到来自人们的真心赞扬。渐渐地，她的脸上会不由自主地露出久违的笑意。不久后，阿努尔勇敢地走到柜台前，帮母亲转动转盘，让客人回答看到了什么。阿努尔开始与陌生人交流，她的转变令安雅曼非常欣慰。

德安克镇的人们到"天使之翼"品尝美味的巧克力，几乎成为一种习惯。几年时间过去了，人们的赞扬让阿努尔变得无比自信。而此时，她也和母亲安雅曼一起，完全融入了德安克镇的生活中。

自信的阿努尔每天都带着迷人的微笑。德安克镇的人们见到她，总是亲切地将她叫作"巧克力天使"。在人们亲切的叫声里，阿努尔健康地成长着。

二十多年后，不再自卑的她成了著名的心理咨询师。面对那些自闭症患者，阿努尔总是深情地讲起她和母亲的"天使之翼"。

多年来，有一个问题一直困扰着阿努尔，她制作的巧克力在德安克镇总是得到人们的称赞，可每每她品尝自己制作的巧克力，并没有觉得像人们说的那么美味。一次，阿努尔终于忍不住把心中的疑问讲给了一个镇上的居民。那个居民给她讲了一个故事：

二十多年前的数个晚上，德安克镇所有居民的家门都被一个年轻漂亮的女士敲开了，她告诉他们她将开一家巧克力店，邀请他们前去品尝，并请求人们无论巧克力的味道怎么样，都不要忘记赞扬这是他们吃到的最特别的巧克力。镇上的居民明白这位女士这样做是为了女儿，无比感动地答应了她的请求。

阿努尔终于明白，为什么“天使之翼”巧克力店开门前，每天外出的母亲深夜归来时都很累，也明白了作为出色的巧克力师傅的母亲，为什么坚持要让她制作巧克力。善良的德安克镇人和深爱她的母亲一起，用热情塑造了一个自信的小女孩儿。

母亲让我快乐魔术

刘谦

十二岁时，我在台湾拿了我的第一个魔术奖。母亲特意做了一顿丰盛的晚餐奖赏我。我双手在她面前比画着，得意地说：“妈，您现在还烦不烦呀？”

我说这话是有“来头”的。

我刚开始练魔术，纯粹是出于孩子好奇的天性。这种天性每个孩子都有，不过有的被家长“扼杀”了。我父母都是普通职员，在这一点上，倒还比较开通，虽没鼓励，但也不是绝对禁止。我就经常给母亲变一些小戏法。母亲要工作，有时会不耐烦地把我推开，说：“到一边去，妈没工夫看。”可过了一会儿，她又主动拉过我来，说：“好了，现在妈有时间了，让我看看你又学会了什么新花样。”

那次拿奖后，母亲跟我严肃地谈了一次话：“谦儿，你觉得你将来靠魔术可以养活自己吗？”我摇摇头说：“不能！”母亲脸上露出微笑，说：“谦儿，这话不必说得那么绝对。世上不管是什么东西，只要你学得、做得比人家好，就能养活自己。妈想告诉你的是，要想知道和解开这个世界的奥秘，光靠魔术是不行的。”

母亲的意思我明白：光靠雕虫小技是养活不了自己的，得掌握这个世界的“奥秘”。于是，我开始拼命学习，学习自然科学知识，学习语言、艺术。西方一位哲人说过，通向世界奥秘的途径只有两条：科学和艺术。在这一点上，我妈也不亚于大哲人呢，只不过她的道理带有母爱的至高情怀。

我毕业于东吴大学日语专业，还学过唱歌。毕业后，一直没有找到合适的工作。斗转星移，母亲已有了白发，这激发了我的男儿心。好在这时科学、语言的“底子”也打下了，我认为可以靠魔术来养活自己了，甚至立下雄心壮志：要成为一位有创造性的世界级魔术大师。

一开始，赚钱是很少的。在舞台上，我一脸严肃，带给观众的只有惊奇，很少有笑声。渐渐地，我的精神和心境都处于一种疲惫状态。

一天晚上，我参加完一场表演后回到家，母亲已做好了红薯等着我。唉，现代都市生活，早远离了粗茶淡饭。但是，想起小时候吃红薯时的快乐，还是齿颊生香。母亲说，朱元璋在当了皇帝后，想再尝一遍他当乞丐时吃的煨红薯，可是发现味道大不如前。为什么呢？做乞丐时饥肠辘辘，红薯大概就是人世间最好吃的东西了；可当了皇帝后，想吃什么山珍海味没有？但这时味觉已经大变，最缺少的反而是那种简单的快乐了。

母亲说："谦儿，看你的魔术，观众很紧张。但他们走进剧场，肯定不是为了寻找紧张来的，主要还是来寻找快乐的。可你没给他们带来快乐，所以妈妈希望你在舞台上表现出轻松、快乐的一面。"母亲还说："笑是两人间最短的距离。如果你除了惊奇之外，还能给观众带来快乐和笑声，你才是真正成功的！"

我恍然大悟！疲惫，竟来自于不快乐。怎么才能在舞台上表现出快乐的一面？这就是我后来在舞台上不断摸索和锤炼出来的超强幽默和招牌式笑容——它们使我的语言充满魅力，也别具一格。在奇迹还没有揭开时，其实我已经给观众制造了数不清的快乐和笑声。

直到后来我才明白，母亲的这番提醒和告诫，其实包含着一种浓浓的深情。

我在日本表演手喷火时，因为那里空气潮湿，导致道具燃烧不彻底，手被烧伤；而在长沙表演"死亡逃脱术"时，我要在炸弹爆炸前逃出铁链，由于出现意外，出来时脖子被铁链钩着，差点儿丢掉了性命……这样的危险不知经过多少次，所以母亲怕看电视转播，她常说："别人看你表演魔术要付钱，我看你表演，你要给我钱，因为这对我是一件苦差事……"正因为这一点，母亲才更希望看到我在舞台上的笑容和幽默，这样才能减轻她的担心和煎熬。

我的口头禅是："接下来，就是见证奇迹的时刻。"这是舞台上的话，生活中，我更希望自己常说的是："哪怕没有奇迹，你也要快乐和笑口常开！"因为母亲希望我如此。

我的妈妈来看我

李家同

三十年前，我在大学念书，课余常常去台北监狱探访受刑人。我还记得，那时候，台北监狱在爱西路。我们常和受刑人打篮球、聊天。当时，有一位黝黑瘦高的受刑人似乎和我很谈得来。他很喜欢看书，我就设法送了很多书给他看。我发现在众多受刑人中，他的受教育程度比较高，是台北市一所有名的中学毕业的，比我大七八岁。他们每星期有三次会客机会，我去看别人都会吃闭门羹，可是这位受刑人永远都会见我，至少在他那儿，我从未被拒绝过。

他常在我面前提起他的妈妈，他说他妈妈是一位非常慈祥的女性，他还说他妈妈常常来看他，但每次来都会吃闭门羹——我始终不太相信这一点。这位受刑人当时所在的地方其实是看守所——没有定罪的受刑人都关在这里，等到审判终结才会转去其他监狱。有一天，我的朋友告诉我，他要“搬家”了，因为他已被定罪，要正式服刑了。那时我才发现他是军人，大概是在服兵役时犯的罪，所以要到新店的军人监狱去服刑。

当他到新店的军人监狱去服刑时，我也成了预备军官，在台北服役，周末有时间就会去看他。

有一次我去看他，发现他被禁止探视。我向警卫打听，警卫告诉我，要一个月后才可以探视他。后来，我终于见到了我的朋友。他告诉我，他在服刑期间做工，赚了一些钱，尽管那些钱实在少得可怜，却是他全部的积蓄，因此他一直偷偷地把这几十块钱放在一个很秘密的地方。没想到，一位长官把他的钱偷走了，我的朋友一气之下和那位长官大打出手。

各位可以想象我朋友当时的悲惨境遇，他这种“犯上”的行为所造成的后果是相当严重的——他被拖到广场上痛打，然后被关在一间小牢房里，二十四小时戴着手铐。

我的朋友流着眼泪告诉我这些事情。在我们谈话的时候，我们身旁那个负责旁听的身强体壮的警卫面无表情地看着远处，假装没有听到。

忽然我的朋友又提到了他的妈妈，他说他常常感到万念俱灰，可是一想到妈妈，心情就会好一点儿。

因为他一再提起他的妈妈，我就问了他家的地址，然后在一个星期六的黄昏，骑着脚踏车，到他家去看他的妈妈。

我发现他家好远，快到松山了。房子是典型的日式建筑，附近每一栋都一样，显然是中低层公务员的宿舍。我穿着全套的空军少尉制服，很有礼貌地介绍自己，也报上了我朋友的名字。

我被安顿在客厅坐下，客厅布置得极为简陋，只有几把破旧的椅子。我坐下以后，发现气氛有点儿不自然，很快我就知道是怎么回事了。

我朋友的爸爸走进来——他们父子很相像。他非常严肃地告诉我，他早已不承认这个不争气的儿子了，因为他简直不能相信他们家会有这种丢脸的儿子，所以不仅他不和儿子来往，而且也一直禁止家里的其他人和我的朋友来往。自从他进了监狱，他们全家没有一个人去探视过。

我恍然大悟，难怪我一直可以见到他，原来他的妈妈从来没有去看过他，他说“我的妈妈来看我”，只是他的幻想而已。

我也见到了他的妈妈，一个典型的东方女性，瘦瘦的，个子相当矮，衣着非常朴素，她始终没有讲一句话。

我却不管他爸爸怎么讲，一五一十地告诉他的家人，我的朋友非常想念他的妈妈。可是，那位严厉的父亲暗示我该滚蛋了。我想幸亏我穿了空军制服，而且自我介绍是台大电机系毕业的，否则我早就被赶出去了。

我非常失望地离开了他家，他的爸爸在门口还提醒我，以后不必再来了。

我骑着脚踏车刚一转弯，就听到后面传来脚步声。他的一个妹妹匆匆赶来，叫住了我，他的妈妈跟在后面——她想知道如何能找到她儿子，因为她要去看他。我赶快告诉她们如何到新店军人监狱，她们以最快的速度谢了我，马上赶回家去。

当时天色已黑，四周都是一些木造的日式房子，每栋房子都有一个用竹篱笆围起来的小院子，家家户户都亮着灯，我可以感到其中家人团聚的温暖。我知道我的朋友和他母亲即将见面，我感到冥冥之中上苍在安排着一切。

没过多久，我的朋友在监狱中写了一封信给我，告诉我他和母亲见面的情况。而我也开始办理退伍手续，准备去美国念书了。临走之前，我和他见了最后一面。他胖了，也有了笑容，他说他妈妈常送饭菜给他，所以他胖了一点儿，他还告诉我他弟弟妹妹考各级学校的情形。最后他问我退伍以后要做什么，我说我要去美国念书。忽然之间，他的笑容消失了，他说：“你相不相信，我真的十分感谢你能来看我，并且帮助我和家人团圆。遗憾的是，我俩之间的友谊至此结束了，因为我们之间的距离会越来越大，我们不可能再继续做朋友了。”

他又接着说：“你有没有考虑过，索性留下来，终身为我们这样的人服务？”

我默然无语，我的虚荣心使我不肯放弃追逐名利的机会。现在，三十年过去了，我始终为我未能终身为受刑人服务而感到惭愧不已，每当我在事业上有所成就时，我就会觉得良心不安。

在此，我要谢谢那位朋友，他使我感到我这一生没有虚度。至少，我现在可以骄傲地告诉我的女儿：“你的爸爸曾经做过好事。”我已五十多岁，我的朋友恐怕已经六十岁了，希望他能知道，他对我讲的话对我影响很大。我之所以决定离开美国回来服务，也多多少少因为他说的那句：“你有没有考虑过，索性留下来？”

世界上有很多种职业，要做得好，才能对社会产生影响。我常想，一个平庸的舞蹈家就搞不出所以然来，可是做母亲就不同了，即使一位平凡的母亲，也可以对社会产生正面的影响。

如果天下的母亲都是平凡而慈祥的好母亲，我相信监狱里的犯人数量会减少一半；如果我们有几万个义工肯为监狱里的受刑人服务，我相信监狱里的犯人数量会再减少一半。

一日重生

〔美〕米奇·阿尔博姆

妈妈为我们做了多少？我们为妈妈做了多少？也许真的需要列一张清单。

妈妈过世多年后，我给自己列了两张清单，一张单子上列着妈妈为我挺身而出的事情，另一张单子上列着我没有为妈妈挺身而出的事情。很悲哀，两张单子的长短差距很大。为什么对于爸爸妈妈，孩子会向其中的一个索取很多很多，而对另一个，却没有太多的要求呢？

妈妈为我挺身而出的事

五岁。妈妈和邻居说话，我到后院玩耍。突然，有只牧羊犬钻了出来，冲着我大声叫，“汪，汪，汪”，拴它的绳子都要被它拉断了。

我哭叫着跑出去，妈妈冲了过来，她陪我回到后院。狗就在那里，我吓得往后缩，妈妈却拽着我向前走。

然后，她“汪汪汪”地学着狗叫。

狗呜咽了一声，蜷起身子。妈妈转过身，说：“查理，你得让它们知道谁是主人。”

我没有为妈妈挺身而出的事

六岁。万圣节。学校组织游行。

“给他买套衣服吧。”爸爸说。但妈妈说：“不。”因为这是我第一次参加万圣节活动，所以她决定亲手为我做一套特别的衣服——木乃伊外套——木乃伊是我那时候最喜欢的恐怖形象。

她弄了些白色的旧纱布和旧毛巾，把它们扯成条状，把我包裹起来，然后再用安全别针固定住。她又把许多卫生纸和透明胶带缠绕在我身上，花了很长时间才弄完。

游行的时候，天突然下起了雨。卫生纸化了，布条滑下来，露出了宽松的花短裤——那是妈妈的意思，因为她觉得那样的短裤更舒服。

孩子们叫嚷着嘲笑我。我的脸通红，希望自己能够立即消失。

走回学校操场的时候，家长们都已经拿着相机在那里等着了。我湿漉漉地披着一堆烂布条和碎纸片出现了。我看到了妈妈，眼泪夺眶而出：“你把我的一生都给毁了！”我冲她嚷道。

我没有为妈妈挺身而出的事

我爸妈年轻的时候，正值二战爆发，爸爸参军入伍。战争快结束时，他给妈妈写了封信求婚，妈妈答应了他。

不久，爸爸回家了。过了几年，他又离开了我们。那个时候，妹妹吕贝塔只有六岁。

圣诞节的晚上，妈妈嘱咐吕贝塔十点钟的时候千万不要去客厅——这自然意味着，吕贝塔会在十点不到的时候悄悄从床上爬起来，像个小夜鹰一样偷看客厅里到底会发生什么。

我跟在吕贝塔后面，拿着一个手电筒，听到了轻微的声音。妹妹紧张地喘气。我拧亮了手电筒，看到妈妈穿着圣诞老人的衣服，背着一个枕头套做的礼物袋，她压着嗓子低声说："驾！驾！驾！是谁在那里？"

不知为什么，我把手电筒的光打在妈妈的脸上，她只能抬起一只手去挡光。

吕贝塔小声哀求道："关掉手电筒！你会把他吓走的！"

我觉得这一切都很荒谬，难道从此以后一切事情我们都要假装吗？假装我们的餐桌坐满了人；假装圣诞老人，而且还是女扮男装；假装我们还是一个完整的家庭，虽然四分之一个角已经没有了。

"那是妈妈。"我残忍地说。

"不是的！"吕贝塔说。

"驾！驾！驾！"妈妈还在做最后的努力。

"你这个傻瓜，圣诞老人不可能是女的。"

手电筒的光一直没有离开妈妈，我看到她垂头丧气的样子。吕贝塔哭了，妈妈发出“你们没有爸爸了”的哀叹。

我没有为妈妈挺身而出的事

十四岁。她发现了我的香烟。“查理！我告诉过你，小孩子不要抽烟！”

“你是个虚伪的人。”

“请你不要用那个词。”她说。

“你自己不是也抽烟吗？你就是个虚伪的人！”

这件事情发生的时候，她已经脱下了护士的白制服，在美发厅找到了一份工作。她穿得比以前时髦了，我恨这些衣服。

她喊道：“今晚你别想出去！”

“我无所谓！”我瞪着她，“为什么你非得穿成这样？你让我感到恶心！”

她给了我一巴掌。

“是吗？你就是这么看你妈妈的吗？”

我逃了出去。等我再回去的时候，我听到她在卧室里面哭泣。我走进我的房间，香烟她没拿走，我点上一支，也哭了。

妈妈为我挺身而出的事

一个夜里，我突然听到妈妈和妹妹压低了嗓子，呼唤我。

“查理，你的棒球棍在哪儿？吕贝塔听到有动静。”

“屋里有贼吗？”

我的心跳一下子加快了，指了指衣柜。她找到了我的球棍，妹妹跳到我的床上。

妈妈轻轻推开门。我很想告诉她，她拿球棍的姿势错了，但她已经出去了。

贴着墙壁，我听到了一些声音……说话的声音？一个男人的声音？

一会儿，我听到了关门声。

然后妈妈走过来，摸摸我的头，抱着妹妹。妹妹还在哭。

“是谁？”我问。

“没人。”她说。但我知道她在说谎，我知道是谁来过了。

为了这件事，我一直很生她的气，一直到我长大成人离开家的那一天。我生气，是因为她没有让爸爸留下来。

我没有为妈妈挺身而出的事

我没有告诉妈妈，我在参加棒球比赛的时候，看到了爸爸。

爸爸看我打了好几个星期的比赛。有一天，他对我说：“问问你的教练，能不能让我开车送你回学校？”

那一刻，我可以有很多种回应。但是，我却按照他的话去做了。

我没有为妈妈挺身而出的事

我应该铲起一点儿土，撒在妈妈的棺材上。妈妈觉得这个仪式能够帮助生者从精神上去怀念死者。

我拿起铲子，不知所措。我看了看妹妹吕贝塔，她的身体明显在颤抖。我看了看妻子，她低头看着自己的脚，泪水一串串从脸上滑落，只有女儿看着我，她说：“你连‘再见’都没有和她说。”

我拿着铲子，但拿着那把铲子的不应该是一个对妈妈撒谎的儿子，不应该是一个冲妈妈发火的儿子，更不应该是一个为了满足疏离已久的父亲的异想天开，而从母亲身边溜走的儿子。

那个拿着铲子的儿子，那天应该和他的老婆睡在妈妈家的客房里，早晨起来和家人一起吃个早饭。在妈妈倒下的时候，他应该在现场，他有可能救妈妈一命。

但他为了爸爸的一个电话，撒谎说公司有事而溜出去参加球赛了。

妈妈为我挺身而出的事

在我人生的最后几年，我知道了一个真相：爸爸入伍时，结识了当地的一个意大利女人，战争使他在那个女人的怀抱和意大利面中寻求安慰，他们还有了一个儿子，而我，只是他的第二个儿子。

爸爸后来把那个女人接到了美国，妈妈发现后，让他永远离开我们的家。

我时常想起爸爸从前总是逼迫我做一个选择：“查理，你是愿意做妈妈的好宝贝，还是爸爸的乖儿子？”那时，我选择了做爸爸的乖儿子。

“我做了一个错误的选择。”多年后，当我对自己的内心轻声诉说时，我听到一个声音在回答我。那是妈妈的灵魂在说话。

“一个孩子不应该面对那样的选择。”她说。

一位母亲的危机处理

孙道荣

2010 年 1 月 24 日，星期天，杭州一个名叫山水人家的小区。宁静的小区道路两旁，停满了私家车。谁也没有想到，平时停得好好的小车，瞬间惨遭毒手，被利器划得伤痕累累。停在路边的几十辆小车，无一幸免。

粗略估计，仅这些划伤的修理费，就需要四五万元。有人报了警，愤怒的车主们发誓要揪出恶意划车的人。

小区的监控录像被调了出来，从监控录像上可以看出，是一大一小两个孩子干的，大一点儿的像个小学生，脚下还踩着滑板车，小的估计才上幼儿园。他们一路走，一路划……这是谁家的孩子？胆子也忒大了！太没教养了！但监控录像看不太清，没人认识这两个孩子。

警方开始调查。网络和第二天的报纸上，都报道了这件事。第二天下午，一位妇女给派出所打电话说，划伤汽车的是她的孩子。

她也住在那个小区。她是第二天才从网上看到小区车子被划伤的帖子的，帖子中描述的两个孩子，大的很像她的孩子，而小的是她同学的孩子。

当时，两个孩子下楼去玩，时间、地点、两个孩子的特征，都吻合。她赶紧跑到小区物业公司，调看了监控录像，果然是她的孩子。

她意识到问题的严重性。冷静下来后，她是这样处理的——给派出所打电话，毫不犹豫地告诉民警，车是自己的孩子划的，她将承担全部责任。

晚上，儿子放学回家。她问他："是不是你干的？"儿子低头不说话。她对儿子说："你是男子汉，是你做的，就要勇于担当。"

儿子承认，是他干的。她又问："如果你的折叠车被人划伤了，你心疼不心疼？"儿子说："心疼。"她说："你的折叠车几百元就可以买到，而人家的车，一二十万，有的甚至上百万，你说会不会心疼？"儿子向她连鞠了几个躬，说："妈妈，我错了！"

她打印了一份致歉信，向所有被划伤车的车主表达歉意，并表示愿意承担全部责任和修理费用。致歉信复印了几十份，张贴在小区所有的出入口和楼梯口。她还联系了一家信誉很好的汽车修理行，负责修理所有被孩子划伤的汽车。

第二天、第三天，连续两个晚上，等儿子做完作业，她领着孩子，挨家挨户登门道歉。她要求，门铃都由儿子自己摁，这是让儿子面对错误的第一步。儿子在课余折叠了很多纸船，上面都醒目地写着“对不起”三个大字，他要将这只船作为礼物，送给车主们。每到一家，孩子一进门就说：“对不起，我不知道划车的后果这么严重，请你们原谅我。”所有的车主都表示，愿意原谅孩子。

她对儿子说：“叔叔阿姨都很宽容，原谅了你。但是，你要记住，千万不要把别人的宽容当成自己犯错的借口，你要敢于担当，知道什么叫责任心，学会感恩。”

一场危机，被这位母亲成功地化解了。剑拔弩张的人们，怒气消去；一张张冰冷阴沉的脸，露出了笑容。而作为犯错孩子的母亲，她自始至终都没有推卸责任，没有逃避，也没有雷霆大发。事情圆满解决，车主都很满意，更重要的是，孩子认识了错误，学会了担当，获得了原谅。我想，他这辈子都不会忘记这次教训，但也不会在心灵上留下难以弥补的阴影。

一位当事的车主说：“孩子的妈妈这么做，我很佩服。说句实话，遇到这样的事情，不是每个家长都能处理得这么及时、这么果断，这么勇于承担的。这位母亲，非常了不起。”

作为一名旁观者，我一直通过媒体关注着这件就发生在我身边的故事。从这位母亲身上，我深深体会到，要想我们的孩子学会担当，有责任心，我们做父母的，首先自己要敢于担当，善于担当。这，你能够做到吗？

父爱是棵树

爸爸最值钱

〔美〕布赫瓦尔德

一天，我从儿子房间门口经过，听见他正在打字。

“想写点儿什么呢？”我问他。

“正在写回忆录，描述做你儿子的感受。”

听了他的话，我的心里甜丝丝的，说：“写吧，但愿在书中我的形象还不坏。”

“放心吧，错不了！”他说，“嗨，爸，商量件事。你把我关进牛棚，用你的皮带抽我，像这样的事，我应该在书中写几次啊？”

这使我愕然。“我从未把你关进牛棚，也没有用皮带抽过你啊！再说，我们家压根儿也没有牛棚。”

“我的编辑说，要想使书有销路，就应该描述诸如此类的事：当我做错事的时候，你狠狠地揍我，继而又把我关进厕所。”

“可我从来没有把你关起来啊！”

“那是事实。但编辑指望我的故事能使读者大开眼界，就像加里·克罗斯比和克里斯蒂娜·克劳索德写的关于他们父母的故事那样。他认为读者想了解你的私生活——你的庐山真面目。现在儿辈们都在写这方面的书，而且都是畅销货。假如我也把你描述成一个堕落的父亲，你不会反对吧？”

“你一定要这样做吗？”

“是的，必须如此。我已经预支了一万美元，他们的条件是我必须揭露你的隐私。你可以读一读我写的第二章。内容嘛，是你在一次演讲中闹出了大笑话，事后你酩酊大醉地回到家中，把我们所有人从床上轰了起来，逼着我们刷地板。”

“你很清楚，我从来没有这么干过。”

“哎呀，我的爸爸！这只不过是一本书。我的编辑喜欢这样的书，第三章他最中意了。那一章中，你对母亲拳打脚踢，大耍威风。”

“什么？我揍了你母亲？”

“我并不是说你真的伤害了母亲。不过，我还写了我们几个小孩儿惯于藏在毛毯底下，这样我们就听不到母亲挨打时那种声嘶力竭的叫声了。”

“天啊，我从未打过你的母亲！”

“可我不能这么照搬事实。编辑说过，成年人是不会花十五六美元去买《桑尼布鲁克农场的丽贝卡》的。”

“好吧，就算我用皮带抽了你，揍了你母亲。除此我还做了些什么？”

“对了，我正在第四章中写你拈花惹草的事呢。假如我写你常在凌晨三点钟把那些歌舞女郎领进家门，你说人们会不会相信？”

“我敢肯定，人们会相信的。但即使这会成为一本畅销书，难道你不认为这太离谱了吗？”

“这是编辑的主意。平时，你没有粗暴待人的恶名声，这样一写，读者才会真正感到惊奇、刺激。对我不会有什么损害的。”

“对你是没什么损害，但对我可如同下地狱了！”我再也按捺不住，冲他吼叫起来，“那我究竟做了点儿好事没有？”

“有。其中有一章我特别写到你为我买了第一辆自行车，但编辑让我删去了，因为我也写了圣诞节的事。那次，我跟你顶嘴，气得你把一碗土豆泥统统扣在我的脑门上。编辑说这样的两件事写在一起是会把读者搞糊涂的。”

“那你为什么不写仅仅因为你数学考试得了‘良好’，我就用冷水把你从头淋到脚？”

“你说得好。那我就这样写，一次我得肺炎住院，你这位当爸爸的甚至连看都不看我。”

“看来你是想把你的父亲以一万美元出卖了？”

“不仅是为了钱。编辑说如果我把一切都捅出去，那就连巴巴拉·瓦尔德斯都会在他主持的电视节目里采访我，那时我就再也不用依靠你来生活了。”

“好吧，如果这本书真会带给你那么多的好处，你就干下去吧。要我帮忙吗？”“太好了，就一件事。你能不能给我买一台文字加工机？如果我能提高打字的速度，这本书就能在圣诞节前完稿。一旦我的代理人把这本书的版权交给电影制片商，我就立即把钱还给你。”

父子应是忘年交

冯骥才

儿子考上大学时，闲谈中提到费用。他忽然说："从上初中开始，我一直是用自己的钱缴学费。"

我和妻子都吃了一惊。我们活得又忙碌又糊涂，没想过这种事。我问他："你哪来的钱？"

"平时的零花钱，还有过年时的压岁钱，攒的。"

"你为什么要用自己的钱呢？"我油然不解。

他不语。事后妻子告诉我，他说："我要像爸爸那样，一切都靠自己。"于是，我对他肃然起敬，一下子感到他长大了。

那个整天和我踢球、较量、打闹并被我爱抚着、捉弄着的男孩儿已然倏忽远去。人长大，不是身体的放大，不是唇上出现的软髭和颈上凸起的喉结，而是一种成熟，一种独立人格的出现。但究竟他是怎样不声不响、不落痕迹地渐渐长大，忽然有一天叫我如此惊讶、如此陌生的呢？是不是我的眼睛太过于关注人生的季节和社会的时令，关注每一个嫩苞、每一截枯枝、每一块阴影和每一片容光，关注笔尖下每一个细节的真实和每一个词语的准确，因而忽略了一直在身边却早已悄悄地发生了变化的儿子？

我把这感觉告诉了朋友，朋友们全都笑了。原来在所有父亲的心目中，儿子永远是“夹生”的。对于天下的男人们，做父亲的经历各不一样，做父亲的感觉却大致相同。

这感觉一半来自天性，一半来自传统。

1976 年唐山大地震那夜，我睡在地铺上。地动山摇的一瞬，我本能地一跃而起，扑向儿子的小床，把他紧紧拥在怀里，任凭双腿被乱砖、乱瓦砸伤。事后我逢人便说自己如何英勇地保护了儿子，那份得意、那份神气、那份英雄感，其实是一种自享，享受一种做父亲、尽天职的快乐。父亲，天经地义是家庭和子女的保护神。天职就是天性。

至于来自传统的做父亲的感觉，便是长者的尊严、教导者的身份、居高临下的视角与姿态……每一代男人都从长辈那里感受到这种父亲的“专利”，一旦他自己做了父亲，就会将这种“专利”原原本本地继承下来。

这是一种传统感觉，也是一种“父亲文化”。我们就是在这一半天性、一半传统中，美滋滋又稀里糊涂地做着父亲。自以为对儿子了如指掌，一切尽收眼底，可是儿子一旦长大成人，才惊奇地发现自己对他竟然一无所知。最熟悉的变为最陌生的，最近的站到了最远处。对话忽然中断，交流出现阻隔，弄不好还可能会失去他。

人们把这弄不明白的事情推给“代沟”这个词，却不清楚，每个父亲都会面临重新与儿子相处的问题。

我想起，儿子自小就不把同学领到我们狭小的家里来玩，怕打扰我写作，我为什么不把这看作是他对我工作的一种理解与尊重？他从来没有翻动过我桌上的任何一张写字的纸，我为什么没有看到文学在他心里也同样神圣？

当我把这些不曾留意的细节与他中学时就自己缴学费的事情联系到一起时，我便开始一点点向他靠近。

他早就有了一个自己的世界，里边有很多发光的事物，而直到今天我才探进头来。

被理解是一种幸福，理解人也是一种幸福。

从此，我不再把他当作孩子，而把他当作一个独立的男人。

儿子，在他孩提时代是一种含义，但长大成人后就变了。除去血缘上的父子关系之外，我们又是朋友，是忘年交。而只有真正成为这种互为知己的忘年交，我们才会获得做父子的圆满的幸福，才会拥有实实在在又温馨完美的人生。

今年父亲节，不要再给我送领带

〔美〕鲍勃·珀克斯　陈荣生译

我不可能再使用另外一条领带，就算能够使用，我也不想再多要一条。

过来问问我，父亲节想要什么礼物。你一定想知道。这个礼物你在商店买不到，而且它也是没有尺寸大小的。哦，天啊，请不要给我买袜子，更不要买衬衫。这是个好消息：我想要的东西不用花费你一分钱。

什么？我不要在老人身上浪费我的钱？太好了！可是，你等一下。肯定是个什么陷阱。你这话说得太好了，不可能是真实的。我记得你曾经教过我的一件事："如果别人的话说得太好了，那肯定是有问题。"

好吧，我告诉你。父亲节我所需要的是你的时间。不，我并不是要你开车来问候我一声，然后就急匆匆离去，前后时间不到一个小时。

给我一天，甚至半天也行。让我们一起吃午饭或者去钓鱼。我不想去看电影，我想看着你。我想跟你一起开心地哈哈大笑。我想静静地坐着，什么也不做，而且也不用做任何解释。

是的，我跟其他父亲不同。我不做体育运动，而且，就算你买一箱啤酒来也无法收买我。我只要你。我挂念的是你本人，怀念的是我们的过去。我想变得傻傻地从小山丘上滚下来。我想谈谈人生，谈谈想从人生中获得什么。你可以问我任何问题，我一定会如实回答。请再给我一次机会让我去把握住它。

我坐在家里，捧着相册，沉迷在回忆之中。我抚摸着你十岁时幼稚的脸，听你说："我爱你，爸爸！"请再跟我说一遍。我没有多大的变化，我的心仍然会激动无比。

这张照片是你生病出院回家后拍的。你当时在发高烧，我仍然可以感受到我嘴唇上的热度。你躺在我的胸前睡着了，接着你就发烧了。我们醒过来的时候，两人都被汗水浸透了。我仍然想在你的额头亲吻一下，对你说我是多么爱你。人就算是再老，亲吻儿子也没有错。

这是我带你去看《忍者神龟》的电影票，还有你第一次去参加舞会的收据。我还保留着过去看马戏团演出的票。你瞧，这就是我们去费城看马戏团表演的照片。我已经相当落伍了，但是我仍然那样做。

现在，我已经完全在你的生活之外了。哦，请不要再给我买贺卡，请亲手给我画一张。我仍保存着你画的那些画，我的车上仍然挂着你亲手做给我的杂物袋，我还保留着那年在你的画展上偷偷买下的你的第一幅画，还有你创作的第一本漫画书。

过来坐到沙发上，我们一起来玩儿童游戏，把你的游戏机拿过来。我只是想要做一件我们以前经常做的事，只是想有一点儿时间跟你在一起。

我一直都在对你们年轻人说，人生是很短暂的，时间是很珍贵的。我父亲去世已经九年了，但我跟他坐在一起的情景仿佛就发生在昨天。我愿意放弃一切，如果能跟他再同桌吃一顿饭，再听他讲一次他讲了一百遍的老掉牙的故事，再跟他拥抱一次。

是的……再拥抱一次。

仔细地看看我，我越来越老了。时光正在飞逝。他们告诉我这只是一个你得经过的阶段。但是，对不起，我无法等到“已经太晚了”的那一刻。我不想让你在几年之后的某天站在我的病床旁边对我说，你很遗憾浪费了太多的时间，我不想听到你说：“爸，我是该给你打电话。不过我太忙了。你知道我是爱你的，不是吗？”那时，我只能用原谅的口吻说：“哦，没事的，年轻人。我明白，人生就是这样。”

现在我要告诉你，我不明白，我将会跟你说假话。我也许会有各种病痛，但是无论什么病痛，都无法与我现在的心痛相比。

父亲节那天，请把你的时间给我。我真的不需要领带。

雪人

〔美〕鲍勃·珀克斯

一个大雪纷飞的星期六下午，小男孩儿和他的父亲正在清理暴风雪中落在通道上的树叶和树枝。

休息时，他们静静地坐着看落雪。

“爸爸，我的朋友告诉我，每一片雪花都是不同的。”小男孩儿说。

“我相信这是真的。”他的爸爸答道。

然后是短暂的沉默。

“我们如何知道？”小男孩儿问。

爸爸微笑着看着儿子说：“我们只要验证就知道了。”

“但对我来说，它们看起来都是一个样的。”男孩儿补充道。

爸爸觉得有责任找出一个比较满意的答案，一个他的儿子若干年之后也会记得的深刻答案。

“儿子，雪花就像人。上帝创造的每个人都是不同的。我们以一个非常特别的方式保持我们的独一无二。我们如何知道这个？我们只要验证就知道了。”

孩子站起来，伸出手，然后看着落在他手套上的雪花。

“它们是不同的，”男孩儿说，“就像人。”

“当他们在一起的时候，他们是那么美丽。”他说，“他们为什么不能融洽相处呢？”

“雪花？”爸爸问。

“不，人，爸爸。如果人们像雪花，并且每一个都像你所说的那样独一无二和特别，他们为什么不能融洽相处呢？”

父亲意识到这是一个很大的问题——一个应该得到好答案的问题。

“我的意思是，当你看着我手套上的雪花时，它们都是不一样的。而当你看院子里聚在一起的雪时，它们看起来都是一样的。在一起时，它们更美丽。”

爸爸坐在那里，思考了片刻。

“选择。”他说。

“选择？”孩子问。

“上帝给予我们最好的礼物之一就是选择的权利。我们所有的人都是不同的，但我们有一个共同点：我们可以选择我们要做的事。比如我们如何着装，住在哪里，还有我们如何对待对方……”

“所以选择是一件坏事情？”男孩儿问。

“哦，不。只是在我们选择错误的时候。”

“我们如何知道什么是对，什么是错？”男孩儿问。

爸爸放眼四周，内心思绪涌动。是的，他得兑现他刚才说的“我们只要验证就知道了”的话。他必须抓住这个建立他儿子的信仰基础的机会。

爸爸走进雪地，搜寻他认为正确的答案。

“假如这些雪就是世界上所有的人。在一起时，他们都是美丽的。现在他们被赋予了选择的权利，他们认识到在一起工作是多么的美好，所以他们开始建立合作关系。”

爸爸俯下身，把雪分成了两堆。

“两方都承认他们的不同之处。一方说：‘让我们在一起，用我们各自不同的能力，同心协力来做有益于世界的事情。’另一方说了同样的话，但如何做事，他们的想法不能达成一致，所以他们每一个都从这个整体上分离了。”

说完，爸爸看着儿子。

“你现在明白了吗？”

“是的，我想我明白了。”男孩儿答道。

然后，爸爸继续搬弄雪。用第一堆雪，他造了三个巨大的雪球，用另外一堆，他则造了几个比较小的雪球。

“哪一方做了正确的事情？”他问孩子。

男孩儿看着两堆雪球，无法做出选择：“爸爸，我不知道。”

爸爸把三个巨大的雪球叠了起来。

“这是一个雪人！”男孩儿脱口喊道。

“现在，哪一方做了正确的事情？”

“拼成雪人这一方。”男孩儿兴奋地答道。

“是的，这些雪花走到了一起，并且它们每个都认识到自己是独一无二的，它们每个都加入了一份努力，使雪人得以诞生。”爸爸说。

男孩儿站起来，捧起一捧雪，团成雪球，然后他开始一个接一个把它们朝那堆被他爸爸分成了几个小雪球的雪堆扔去。

“你在干什么？”爸爸问。

“这就是人们不能融洽相处所引发的结果。他们发生了战争。”他说。

爸爸震惊了，他站起来，把儿子揽入怀里，紧紧地抱着他。

他在他的耳边轻轻说：“我祈求上帝让你永远与你身边的每一个人融洽相处。”

男孩儿舒服地靠在爸爸的臂弯里，说：“我会做出正确的选择。我会学习塑造世界上最棒的雪人。”

父亲在拐角处等我

安宁

那是我最敏感脆弱的年少时光，十六岁，读高一。

在同学的眼里，我是个成绩优异又大大咧咧的女孩儿，穿着洗得发白的校服，但照样意气风发。我也不像骄傲的张小凡，活在自己的世界里，对谁都爱理不理。男生们都说："看张小凡的下巴，都快抬到天上去了！学习好点儿，长得漂亮点儿，有什么了不起呢，不过是个农村来的，哪比得上人家安安。"

没有人知道，其实我不愿意这样一次次地被人拿来与张小凡做比较，尤其不愿意听到"农村"这个字眼。我的父母，若是农民也就罢了，但他们却是从农村来到这个城市最底层、最卑微的居民。母亲在一家医院做洗衣工，双手长年累月都是皴裂红紫的；而父亲，则蹬着一辆三轮车，大街小巷地跑着拉散客。偶尔，我站在教室的阳台上，会看到父亲迎着风，吃力地蹬着三轮车从校门口驶过。

但我知道，父亲是不会违背约定，在校门口停留的。父亲一直都因我这个女儿而感到骄傲，所以每个周六下午，不管有多少挣钱的活计，他都不会去做，只为拉我这唯一的客人。我借校门口车太拥挤看不清他，还有我作为学生干部要给老师汇报工作为由，让父亲在离校门口约有一百米的拐角处等我。

张小凡与我一样，会等到所有同学都走了，才离开教室。她是个非常用功的女孩儿，所以周六放学后，也要留在学校看书。而我，就在她均匀的呼吸里，一边哗哗翻着课本，一边祈祷她快些离开，这样，就不会在拐角处，被她瞥见我隐藏在从容里的满面灰尘。

可是，张小凡却总是在把所有事都做完后，才安静地离开。照例是轻扬着下巴，眼神冷静淡定。每每听着她的脚步声在寂静的楼道里渐行渐远，我的心，才会倏地沉下来，继而迅速地收拾好书包，冲出门去。

每次父亲老远看到我，都会开心地按起车铃。我迎着这清脆的铃声走过去，总会觉得愧疚，然后便恨那个张小凡，若不是她，父亲也不会饥肠辘辘地等我那么久。

又一个周六，我在张小凡走后，向学校百米外的拐角处飞奔。无意中一歪头，在拐角的另一侧，竟看见张小凡正坐在一个人工改装的电动三轮车里，冲着车上一个农民工一样的朴实男人，说笑着什么。男人在发动车的时候，看上去似乎很费力，最后是张小凡跳下车来帮忙后，车才突突地被发动起来。

车走出去很远了，我才试探性地问父亲：“刚才那个男人，你认识吗？”父亲沉默了片刻，才轻声回道：“只是说过几句话，他的左腿在工地上落下了残疾，只好开电动三轮车出来拉活，他女儿几次让他去校门口等，他都不肯，该是怕女儿的同学看见了，难为情吧。”

在父亲淡淡的讲述里，我突然有些难过。我终于明白了张小凡沉默又倔强的眼神，明白了她在周六的晚归，只是为了维护父亲的尊严，明白我和她之间，相差的不只是成绩。

不识

张晓风

家人至亲，我们自以为极亲爱极了解，其实我们所知道的也只是肤浅的事件而不是刻骨的感觉。

父亲的追思会上，我问弟弟：“追述生平，就由你来吧，你是儿子。”

弟弟沉吟了一下，说：“我可以，不过我觉得你知道的事情更多些，有些事情，我们小的没赶上。”

然而，我真的明白父亲吗？我曾认识过父亲吗？我愕然，不知怎么回答。

“小的时候，家里穷，除了过年，平时都没有肉吃。如果有客人来，就去熟肉铺子切一点儿肉，偶尔有个挑担子卖花生米的人经过，我们小孩子就跟着那人走。没得吃，看看也是好的，我们就这样跟着跟着，一直走，都走到隔壁庄子去了，就是舍不得回头。”那是我所知道的，他最早的童年故事。我有时忍不住，想掏把钱塞给那九十年前的馋嘴小男孩儿，想买一把花生米填填他的嘴……

我问我自己，你真的了解那小男孩儿吗？还是你只不过是在听故事？如果你不曾穷过饿过，那小男孩儿巴巴的眼神你又怎么读得懂呢？

读完徐州城第七师范的附小，他打算读第七师范，家人带他去见一位堂叔，目的是借钱。

堂叔站起身来，从一把旧铜壶里掏出二十一块银圆。

堂叔的那二十一块银圆改变了父亲的一生。

我很想追上前去看一看那目光炯炯的少年，我很想看一看那堂叔看着他的爱怜的眼神。他必是族人中最聪明的孩子，堂叔才慨然答应借钱的吧！听说小学时，他每天上学都不从市内走路，嫌人车杂沓。他宁可绕着古城周围的城墙走，一面走，一面大声背书。那意气飞扬的男孩儿，天下好像没有可以难倒他的事。

然而，我真认识那孩子吗？那个捧着二十一块银圆来到这个世界打天下的孩子。我平生读书不过只求随缘尽兴而已，我大概不能懂得那一心苦读求上进的人。那孩子，我不能算是深识他。

“台湾出的东西，就是没老家的好！”父亲总爱这么感叹。

我有点儿反感，为什么他一定要坚持老家的东西比这里好呢？他离开老家都已经这么多年了。

“老家没有的就不说了，咱说有的，譬如这香椿。”他指着院子里的香椿树，“台湾的，长这么细细小小一株。在我们老家，那可是和榕树一样的大树咧！而且台湾属于热带，一年到头都能长新芽，那芽也就不嫩了。在我们老家，只有春天才冒得出新芽来。忽然一下，所有的嫩芽全冒出来了，又厚又多汁，大人小孩儿全来采呀，采下来用盐一揉，放在格架上晾，那架子上腌出来的卤汁就呼噜——呼噜——地一直流，下面就用盆接着，那卤汁下起面来，那个香呀——”

我吃过韩国进口的盐腌香椿芽，从它的形貌看来，揣想它未腌之前一定也极肥厚，故乡的香椿芽想来也是如此。但父亲形容香椿在腌制的过程中竟会“呼噜——呼噜——”流汁，我被他言语中的拟声词所惊动。那香椿树竟在我心里成为一座地标，我每次都循着那株香椿树去寻找父亲的故乡。

但我真的明白那棵树吗？

父亲晚年，我推轮椅带他上南京中山陵，只因他曾跟我说过：“总理下葬的时候，我是军校学生，上面在我们中间选了些人去抬棺材，我被选上了……”

他对总理一心崇敬——这一点，恐怕我也无法十分了然。我当然也同意孙中山是可佩服的，但恐怕未必那么百分之百地心悦诚服。

“我们，那个时候……读了总理的书……觉得他讲的才是真有道理……”

能有一人令你死心塌地，生死追随，父亲应该是幸福的——而这种幸福，我并不能完全体会。

年轻时的父亲，有一次去打猎。一枪射出，一只小鸟应声而落，他捡起一看，小鸟已肚破肠流。他手里提着那温热的尸体，看着那腹腔之内一一俱全的五脏，忽然决定终其一生不再射猎。

父亲在同事间并不是一个好相处的人。听母亲说，有人给他起了个外号叫“杠子手”，意思是耿直不圆转。他听了也不气，只笑笑说“山易改，性难移”，从来不屑于改正。然而在那个清晨，在树林里，对一只小鸟，他却生出慈柔之心，发誓从此不射猎。

父亲的性格如铁如钢，却也如风如水——我何尝真正了解过他？

《红楼梦》第一百二十回，贾政眼看着光头赤脚、身披红斗篷的宝玉向他拜了四拜，转身而去，消失在茫茫雪原里，说：“竟哄了老太太十九年，如今叫我才明白——”

贾府上下数百人，谁又曾明白宝玉呢？家人之间，亦未必真能互相理解吧？

我于我父亲，想来也是如此无知无识。他的悲喜、他的起落、他的得意与哀伤、他的憾恨与自足，我哪里都能一一探知、一一感同身受呢？

蒲公英的绒球能叙述花托吗？不，它只知道自己在一阵风后身不由己地和花托相失相散了，它只记得叶嫩花初之际，被轻轻托住的安全的感觉。它只知道，后来，一切就都散了，胜利的也许是生命本身，大地上的某处，会有新的蒲公英冒出来。

我终于明白，我还是不能明白父亲。至亲如父女，也只能如此。

我觉得痛，却亦转觉释然，为我本来就不能认识的生命，为我本来就不能认识的死亡，以及不曾真正认识的父亲。原来没有谁可以彻骨认识谁，原来，我也只是如此无知无识。

读懂父爱

陆川

父爱一直伴随着我，只是父亲的爱含蓄而深沉，用心良苦。当读懂父爱时，我已经三十多岁了。

小时候，看到别的父子像朋友一样相处，我既羡慕又忧伤。我在一个家教很严的家庭里长大，父亲陆天明在外人眼里很温和，但对我从小就很严格。在我的记忆里，父亲总是一副忙忙碌碌的样子，回到家就扎进书房看书、写作，很少与我交流。从我的童年到青年时代，父亲与我沟通的次数屈指可数，淡淡的隔阂像薄纱一样，将我和父亲的心灵分隔在两个世界。

我从小酷爱文艺，梦想长大后能成为张艺谋那样的国际名导。高中毕业后，我准备报考北京电影学院导演系，但父亲坚决反对我的选择，认为我没有生活积淀和感受，拍不出什么好电影，还会沾染自高自大的毛病。他自作主张，为我填报了解放军国际关系学院的志愿。父亲掐断了我的梦想，为此我对他有了怨言。

大学毕业后，我在国防科工委当了一名翻译。一次，我路过北京电影学院，发现海报栏里张贴着导演系招收研究生的简章，我沉睡的梦想再度被激活了。这次，我没有告诉父亲就报考了导演系的研究生。入学考试时，电影学院一位教授是父亲的朋友，给父亲打去电话："导演系研究生很难考，你不替儿子活动活动？"父亲断然拒绝了："他行需要我活动吗？他不行拉关系又有什么用？"

虽然我以总分第一名的成绩被导演系录取，但父亲的"冷酷"还是让我心里很不舒服。我总觉得父亲有些自私，过分专注自己的事业，而忽视了我的发展。

几年后，我成为北京电影制片厂的专业导演，因为是新人，我整整三年时间没有导过一部电影。那时候，我整天无所事事，常常坐在街头，看着夕阳发呆。此时，父亲已经写出了《苍天在上》《大雪无痕》等颇有影响的剧本，我很希望父亲也能为我写一个剧本，再利用他的影响力为我寻找投资方。我委婉地暗示过父亲，但每次父亲都这样告诉我："你是个男人，自己的事情自己解决。"想到别人的父亲想方设法为子女牵线搭桥，而自己的父亲却对我的事业不闻不问，心里有种难以言说的滋味。

2001 年，我的事业终于迎来了转机，我导演的电影《寻枪》荣获国际国内十多项大奖。我满以为父亲会表扬我几句，谁知，父亲从电视里看颁奖典礼时，只是淡淡地说："还行，但需要提高的地方还很多。"我回敬了父亲一句："在你眼里，我永远成不了气候。"因为话不投机，我与父亲吵了起来，很长时间谁也不搭理谁。

2004年9月，就在我执导的电影《可可西里》进行后期制作时，我年仅五十五岁的姑姑、著名作家陆星儿患癌症在上海去世。这给亲人们带来了巨大的悲痛，特别是父亲，他从小与姑姑感情很深，仿佛一夜之间，苍老了很多。

料理完姑姑的后事，我陪着父亲回到北京，此时再看父亲，那个威严、冷酷的男人竟那么瘦弱无助，我内心五味杂陈……见父亲头发乱了，我打来热水为他洗头发。这一平常举动，竟让父亲老泪纵横："孩子，从小到大爸爸对你很严厉，你也许觉得爸爸很冷酷，但爸爸从来都把你的每一步成长放在心里。溺爱和纵容孩子，是一个父亲最大的失职……"

父亲的话让我的眼睛湿润了。母亲告诉我："你在青藏高原拍摄《可可西里》时，你爸爸听说你患上了严重的高原病，累得吐血，因担心你，整夜睡不着，一说起你就泪流满面。"原来父爱一直伴随着我，只是父亲的爱含蓄而深沉，用心良苦。当读懂父爱时，我已经三十多岁了。

2009年4月16日，我呕心沥血四年拍摄出的史诗电影《南京！南京！》在央视电影频道举行首映式。记者现场连线远在上海养病的父亲。

四年来，父亲知道我数次阑尾炎发作，昏倒在片场；知道我冒着零下30℃左右的严寒，一拍摄就是十多个小时……在显示屏上，我清晰地看到父亲嘴唇哆嗦、老泪纵横，几度哽咽难语：“孩子，四年来你受的苦，我和你妈都看在眼里。”我有太多的话想对父亲说，可又不知从何说起，只是向父亲深深地鞠了一躬……

这些年来，我一直有个心愿，想与父亲合作一部戏。前不久，我把自己的想法告诉了父亲，父亲高兴地说：“孩子，咱们来个约定：爸爸给你写剧本，你要答应爸爸一个条件，把个人问题尽快解决好。”我们父子俩的手紧紧握在一起，我的心头奔涌着激动和幸福……

感悟父亲

张瑞胜

父亲走了已有十个年头了。这些年来，我时常想起他。父亲一生与人为善，“帮人就是帮自己”是父亲对我们的教导之一，也是父亲一生的践行。

20 世纪 60 年代初期，我第一次以小社员的身份参加了社员大会。会上生产队在公布了每户的工分总值、分粮总数、应缴应收的粮钱后，还宣布了应缴粮钱的时间。欠钱不交的就不给分粮食。其实在当时，家里只需拿出 12.78 元便可补齐差额。即便如此，这对于我们的家庭而言，也相当于一笔巨款！母亲看病需要钱，弟兄六个上学需要钱，钱从哪里来？我真替父亲发愁。散会了，我像个哑巴似的跟在父亲身后。一路上，我始终觉得身后有脚步声，我断定跟在我们身后的就是讨债的民兵连长和生产队长，吓得我连头都不敢回。一到家，我就将这件事告诉了病中的母亲，躺在炕上的母亲一听，不禁失声喊道："他爸，欠这么多钱咋办？"正在收拾农具的父亲沉默了大约一刻钟后，抬起头来对母亲说："我明天去山西找朋友救个急。给我备点儿干粮，十天半月一准回来。"母亲担心地说："这寒冬腊月的，也不知道黄河的冰冻结实了没有？""你放心吧，当地人知道。"父亲说。

第二天天不亮，母亲就拖着病体给父亲烙饼子。我们兄弟几个手里拿着红薯、糠团子，眼睛却紧紧地盯着白面饼子，馋得直流口水。父亲看看我们，对母亲说："我带点儿蒸团子就可以了，白面饼子分给孩子们吃吧，这一路都有我的朋友……"这次出行，父亲步行了近四百里山路，帮山西的朋友扎了三天棉花，不但借到了亏欠生产队的粮钱，还帮他的朋友带了一百块银圆到陕西交换。在20世纪60年代，银圆不能作为货币流通，到银行兑换，一块银圆兑换一元人民币。但在黑市上交易比率会高一些，陕北比山西更高。不过一旦被发现，后果不堪设想。后来，我不解地问父亲，那个人凭什么这么信任你，给你借钱借粮，还托你帮他买卖银圆？父亲对我说，信任不是靠耍嘴皮子得来的，而是因为他做了令人相信而敢于托付的事。父亲告诉我，有一次，在黄河畔的集市上，父亲看到那位山西朋友洽谈完生意后起身就走，不仅遗忘了干粮和衣服，还落下个褡裢（装东西的布兜）。父亲说，在那个乱哄哄的市场，他完全可以拿走那个褡裢——那里面可装着二十块银圆呢！但他没有这样做，而是在原地坐等失主，一直等到他回来。

从那以后，他们便成了彼此信任的朋友，来往不断。当时，我的家乡十分闭塞、落后，连最简单的生活用品也得去西安购买。父亲那时年轻，记性好，悟性也好。每次进城，他都有机会接触到一些先进的思想和技术，也让他深感没有文化的痛苦。正是这份“痛苦”，激活了父亲“再穷不能穷教育”的思想。

1955年，父亲萌生了办学的念头。他走村串户，联系群众捐钱献物。父亲的行为得到了当地政府的支持。于是，家乡有史以来的第一所村办小学就这样落成了。作为创始人，父亲成为第一任校长。

有了学校、学生，没有好的老师可不行。为了找到一名好老师，他四处找关系，低三下四地求人。一旦找到，他就不遗余力地挽留，甚至亲自牵着毛驴接送老师往返。经过父亲的苦心经营，学校逐渐有了起色。办学不到四年，在校生就达四十名，全村适龄儿童入学率达到100%。父亲的脸上全是自豪。转眼到了1960年，原本由生产队承担的教师工资、粮食变为由学生家庭负担。试想，连肚子都填不饱的村民，哪有钱去供养老师？孩子们相继离开学校，最后连教师也纷纷回家务农。看到这种情况，父亲心急如焚。他挨家挨户地劝说，非但没人理他，甚至，还有人质问父亲：“你是管吃包住，还是给钱给粮？这么热心办学，肯定捞了不少好处吧！”面对别人的冷嘲热讽，父亲也从未放弃。为了办学，父亲不仅变卖了家中所有值钱的东西，还欠了近千元钱。在当时，这相当于一个县长近三年的工资。我们兄弟几人，寒冬腊月穿着露棉花的棉衣，连颗扣子都没有，只能用一根麻绳系住。一旦麻绳松了，肚皮就会露在外面，冷风像蛇一样钻进怀里。父亲根本顾不上我们，他整天都在想办法让学生重返课堂。

至今，我都记得 1962 年学校重新开学时的情形。当时只有七名家长和父亲约定：开学那天一定准时把孩子带到学校，并承诺按时交付老师的工资和粮食。这个“约定”让父亲激动得几晚都没睡着觉，他不停地对母亲说：“学生娃虽少，但学校没垮，只要上课的铃声还响，我的心就踏实了。”令父亲万万没想到的是，就在开学的头天晚上，他自己的儿子——我，告诉他不想念书了。因为我知道，家里债台高筑，穷得快揭不开锅了。父亲一听，暴跳如雷，操起牛鞭子就抽我。性格倔强的我直到身上鞭痕累累，也死活不肯屈服。母亲含着眼泪对我说：“如果连校长的娃都不去学校念书，又怎能期望别人的娃去学校念书呢？”想到父亲这么多年的付出与坚守，我屈服了！

1964 年，大哥以优异的成绩考进了中央财政金融学院，他是我们村有史以来的第一个大学生，也是父亲教育园地里结出的第一枚硕果，这更加坚定了父亲办学的信念。从此，他一有空闲，就忙着走村串户，宣传教育理念。他不仅要操心村里儿童的入学问题，还要想办法解决教师的工资和待遇问题。随着时间的推移，学校在不断地发展，规模在不断地扩大，学校的升学率，自 20 世纪 50 年代中期学校创办到 20 世纪 80 年代初，在全公社（乡）一直名列前茅。2007 年，我回陕北老家给父母扫墓，默念着“……五十年代，联络众人，捐钱献物，开办学校……”的碑文，耳畔仿佛又响起了幼时的上课铃声，那铃声清晰、动人。随着铃声浮现的，是父亲那坚韧、执着、谦卑的身影。

较劲一生的对手

英达

从小到大，我对爸爸这一重要历史人物经历了如下心路历程：先是无比高大，无所不能，演戏绘画，泥瓦木工，抽烟喝酒，总之没他拿不起来的。这样一个爸比哪个同学的都拿得出手。后来他就失踪了，也不知是干了什么，反正给抓起来了。当他的儿子就自认倒霉吧，是个人有个爸就比我强。老师、亲戚都教育我，必须跟你爸划清界限！我自己也早早立下革命志，就算他哪天出来了我也不认他！等他真被放出来的时候我又改变了主意，还是帮助教育他为主，万一他能改造好呢？后来他还真越改越好，演戏出名，翻译出版，最后还当上了部长老出国！这爸爸可真是了不起啊，电影、话剧拿过来就演不说，还张嘴就练英语！试想见到个刚练好普通话的小歌星都尖叫的年轻人，有这样的爸意味着什么？崇拜！粉丝！很多年前我就是我爸的粉丝。可时间长了就不行了，总生活在他老人家的阴影下，好好的学名没人叫，常年被人称为谁谁他儿子，烦不烦哪！况且我慢慢发现这老头儿也不是什么都行，不光拼力气比速度不是我的个儿，很多新鲜事物新观念上简直就是迟钝落伍嘛！再往后自己真的成长起来了，也出名了，出的也不比他老人家名头小，很多过去爸爸教我的反过来我得把着他了，担心他露怯出丑，老得帮他罩着。最后他病倒了，成了一个无能为力的老小孩儿，我感慨地想：老爷子这一辈子忙什么了？既没有积蓄下丰厚的物质财产，也没有积累下丰富的精神财富，不能说碌碌无为起码也是全给别人干了。

人说每天生活在身边，再伟大的传奇人物也会显得平庸。我不知道父亲是否算得上一个伟大人物，但他这一生有着太多传奇。他曾用这些传奇不断提醒我他绝不平庸。我又一次惊奇地发现了我的父亲，他的聪明、他的锋利、他的博学、他的幽默……敢情我到今天还没有超越他！还被远远甩在后面！很可能永远追不上了！

我发现这么多年来我其实一直沿用着他的思维方式、他的哲学逻辑。我认为独属于自己的人生价值观念、自我剖析能力、幽默处世态度甚至憎恶喜好诸癖，都能在这本书里找到出处。我不仅仅是我自己，我原来是一群人集合中的一分子和延续。我身上的许多特点其实都不是我的发明创造，而是和这一群人共有的。这一群人另一个共有的东西就是他们的家族姓氏——英。他们之中的优秀代表有英敛之、英千里和英若诚等人，他们幸运或不幸地把家族的命运和近代中国的命运结合在了一起，各自在属于自己的时代和舞台上演出了自己的华彩段落。

民工父亲的幸福

李良旭

搬入新居不久的一天，我面朝着宽大的落地玻璃窗，端坐在电脑前，专心地打着字。光线很好，明媚的阳光像瀑布一样泼洒进来，一切看上去是那么温暖、清亮、宁静。心情，也沐浴在一片暖融融的气氛中。

突然，响起一阵杂乱的敲门声，像宁静的湖面扔进了一个石子，打破了这份宁静和惬意。我心里好生纳闷，嘀咕道：门上不是有门铃吗？为什么还要这样乱敲门？

我轻手轻脚地走到门边，屏住呼吸，从猫眼往外看去：只见一个陌生人。他头发蓬乱，脸上的灰尘和着汗水，斑斑点点，眼睛里露出一种焦灼和茫然的神色。他是谁？想干什么？一连串的疑问在我脑海里闪现。我警惕地将门打开一条缝隙，并做好随时关上门的准备，问道：“你找谁？”

只见那人脸一下子涨得通红。他从口袋里抖抖颤颤地摸出一包皱巴巴的香烟，从里面抽出一支递过来，脸上堆满了真诚的笑意，嗫嚅道：“同志，我是您住的这片小区干活的民工。我想请您帮个忙，不知您能不能同意？”

“什么事？你说吧。”我推开他递过来的那根香烟，一脸狐疑地问道。

见我态度平和，没有那种拒人于千里之外的冷漠，他的脸上流露出一种激动，脸涨得更红了，急促地说道：“是这样的，我的儿子马上就要放暑假了，他要从老家到城里来看我。孩子说，他想亲眼看看自己的父亲在城里盖了多少漂亮的房子。我想，孩子来了后，我能带孩子到您家看看吗？如果他看到城里人住上他爸爸盖的这么好的房子，心里一定会感到非常自豪和幸福的。不知您能不能同意？房子盖了许多，可我从来不知道城里人住在里面的情况，我很难对孩子描述清楚。”这位民工一口气把话说完后，一脸焦灼和企盼。

我恍然大悟。原来这位民工父亲是想让乡下的孩子目睹自己在城里的“杰作”，真是一位细心的父亲啊！我也是一个父亲，自己在工作中取得一点儿成绩，或者在报刊上发表一篇小文章，不是也喜欢在儿子面前炫耀一番吗？那是一个父亲的自豪和骄傲啊！想到这儿，我毫不犹豫地点头答应了。

这位民工见我爽快地答应了，激动得连连称谢，一副受宠若惊的样子。他忍不住说道：“谢谢！谢谢！您可真是个大好人啊。我问了好几家，人家一听我要带孩子来看看他们家，有的一句话也不说，随手就将门咣地关上了；有的说我脑子有问题，简直莫名其妙；还有的跟踪我，怀疑我是坏人，一直看着我进了民工工棚。今天，我可遇到大好人了啊。”这位民工的脸上一片喜悦，洋溢着一种明媚。

几天后，这位民工父亲果然带着一个小男孩儿来到我家。小男孩儿十三四岁的样子，黝黑的皮肤，结实的身体，一双眸子很亮。见到我，小男孩儿一副怯怯的样子，但看到我热情和蔼地抚摸他的头，才放松下来。他父亲在一旁堆着一脸的歉意，不停地说道：“乡下孩子，不懂事，请多包涵。”

父子俩套上我递过去的鞋套，小心翼翼地迈着步子。也许是第一次踩上木地板，他们好像生怕将木地板踩坏了似的，步子迈得格外轻缓。我看到，此时，一只大手和一只小手紧紧地握在一起，两人的目光中有一种扭捏和拘谨。做父亲的好像在努力地显示出一种老练和成熟，只见他边弯下腰，边对儿子讲道：“叔叔家住的这套房子就是爸爸的建筑公司盖的。当时在盖这栋楼房时，我负责砌墙，你别小看了这砌墙的活，必须做到心细、手细、眼细，不能有丝毫的偏差。你看，当时在砌这面墙的时候，这面墙上还留有一个洞口，和隔壁是相通的，为的是运送砖块、水泥、黄沙等施工材料，房屋建好后，这个洞口便被堵上了。现在，我要是不说，你可一点儿也看不出啊！哦，对了，我的中级工考试也通过了，现在，我也是有文凭的建筑工人了。”

看得出，孩子的父亲在竭力向孩子描绘自己在城里打拼时的一些细节，让儿子感受到自己在城里工作的情形。儿子听了，不停地望着他的父亲，眼睛里流露出一种自豪和骄傲的神情，只见他又用另一只手握了握父亲的手。父亲的腰板似乎又直了许多。面对此情此景，在一旁的我心里也有一种温暖和甜蜜的感觉。

看完了我的新居，两人亦步亦趋地退向门边向我告别。突然，这位民工父亲伸出两只手，一下子紧紧地握住了我的手，激动地说道：“今天，是我进城打工以来过得最幸福的一天，这种幸福我一辈子也忘不了。”我看到这位民工父亲的眼睛里一片晶莹。

没想到，在我看来一件简单、普通的事，竟让这位民工父亲这么激动。我突然感到，我和这位民工父亲的距离拉近了许多。

父子俩互相搀扶着下楼，只听孩子对他父亲说：“爸爸，您真了不起，盖出这么好的房子。城里人住得真舒服，如果我们在城里也能住上您盖的房子就好了。”儿子的语气里有种羡慕和向往。父亲爱怜地摸了摸孩子的头，说道：“傻孩子，这怎么可能呢？不要乱想了，你只要在家里把书念好了，帮爷爷、奶奶多干点儿活就行了。”

孩子仰起稚气的脸，掷地有声地说道：“怎么不可能？我一定好好读书，将来有出息了，我一定要让您和妈妈住上您在城里盖的房子，和城里人一样生活。”

听了孩子的这番话，这位民工父亲情不自禁地将孩子往怀里搂了搂。我看到，这位民工父亲将腰杆努力地挺了挺。

每个父亲都是一把钥匙

徐百柯

我脑海里有三个故事，每每撞向坚硬的现实，弹起，又砸在柔软的心上。因为涉及四个父亲，尤其让人牵挂……

跳桥

许多年后，小李会怎样回忆起这一天？那是个萧瑟的冬日，父亲的最后一句话，是对着天空喊的："为什么我拼搏这么久，会落得今天的下场？"此前一句，则是对着他喊的："这儿冷，你快回家！"

老李四十一岁，在重庆经营一家汽车销售公司，因生活压力过大，欲跳桥了断。家人带着他九岁的儿子赶到现场，小李跪着哭叫："求求你了，回来吧，我们一起回家！”老李吸了口烟，对着儿子和天空抛下两句话，然后翻身跃下。

他尽责，为家庭打拼；他尽责，怕儿子冷，让儿子回家。但他没有勇气再尽责，于是结束了生命。

除了这个极端的场景，我对李家的情况一无所知，因此对这个故事无从置喙。只愿小李获得安宁，愿老李在他心中，除了跃下的残破身影，还有可算丰满的温暖记忆。

吞枪

美国《克利夫兰报》记者康妮·斯葛茨在最近的一个场合，讲了她写的一篇报道中的故事。她把史蒂夫·帕克的遭遇写得“像契诃夫的短篇小说一样优美、哀伤”。

帕克是杰克逊镇上虔诚的基督徒，在工厂干活时，他吹的口哨都是赞美诗。小镇的支柱企业是固特异轮胎厂，厂子撤离后，在里面干了几十年的帕克失业了。他是家中唯一的经济支柱，不得不四处求职。超市物流中心的新工作让他觉得屈辱，五十一岁了还要被人呼来喝去。他陷入焦虑，寝食难安。本该带全家去教堂的一个星期天，帕克却紧张性精神病发作。去医院的路上，他蜷缩在后排座椅上，不停念叨《圣经》里的一句话：不能养家的男人无异于异教徒。几天之后，他在丛林里用手枪结束了自己的生命。

康妮写道：帕克走了，像寂静的坟墓一样留在小镇中心的废弃工厂却无时无刻不在提醒人们，美国到处都有杰克逊这样的小镇，高度依赖某一产业，人们掌握的社会资源有限，任何一次失败对他们都是致命的打击。

立约

四川人何正文、何正武兄弟俩在北京打工，数年间见不着劳动合同的影子。因为没有签订合同，他们眼见工友拿不到工伤补偿，还挨打被辞无处说理；因为没有合同，他们自己的工资被克扣，却投诉无据。

四十六岁的哥哥和三十九岁的弟弟决定不再忍受下去，他们要诉诸法律，讨还劳动合同和公道。但底层人的勇气是卑微而敏感的，他们有极为现实的顾虑。于是在租住的简陋小屋，兄弟俩挤在一张床上（所谓床，不过是木板下垫了八层砖），定下“生死盟约”：一旦在维权过程中因遭报复而遇难，只要两人中任何一人有能力，须将对方的子女视如己出，抚养成人。

请允许我借用康妮·斯葛茨的表达：中国到处都有何氏兄弟所待的这样的工地，到处都有他们这样的打工者，到处都有他们这样的顾虑和恐惧。这些父亲掌握的社会资源极少。侵犯、漠视，对他们都有可能构成致命的打击——更不用说确实有现实的生命威胁。但他们仍旧是父亲，再残破的手掌也要抚摸儿女，再脆弱的胸膛也要庇护子女。

一个江西煤矿工人的孩子这样写道：“爸爸，每天我都在心中暗自祈祷，希望您能平安回家。每当听到那熟悉的开门声，我都会满心欢喜，觉得那是世界上最美的音乐。”

每个父亲都是一把钥匙，为儿女开启生命，打开生活的大门。

没有父亲的父亲节

蔡玉明

每年的父亲节，一定会给父亲打个电话，或是请他饮茶，或是请他吃顿饭。有时想带点儿父亲喜欢的小礼品，却懒得动手，便塞给老父三五百："爸，饮茶也好，做麻将本钱也好，输了算我的，赢了归你！"老父必定开心，笑声震耳。

这样的父亲节如今不再。

父亲是今年清明去的。去得匆匆，从进医院到去世，仅仅十五天。当他的心电图呈一条直线时，天上雷雨大作，我在风雨中送父亲进太平间，天地与我同哭。

之后，每一个清晨，我想起的第一个人就是父亲。撕去五月的日历，我想到父亲节，竟不堪重负，夜夜失眠，着着实实地在床上躺了十天。期间迷迷糊糊发高烧，脑子里不断重演和父亲在一起的一幕一幕往事。父亲节前一天，我半夜起来，在房里转悠来转悠去，挑了一堆父亲喜欢的东西：铁观音茶、人参丸、深海鱼油……下意识是要送给父亲过节的。礼物办齐，大哭了一场。

物是人非，父亲节的礼物，连同“Happy Father's Day”如今还可赠予谁？我始终不肯接受，今年的父亲节我已没有了父亲！

而且，以后所有的父亲节，我也不会再有父亲。

有父亲的时候，不觉得父亲节有什么特别，总是马虎，图省时省力。没有了父亲，一想起，就觉得父亲节多伟大、多重要，应该为父亲花一整天、花一个月。从来没有为父亲过过一个隆重的父亲节，是我的终生之憾！

世上有一百种人，便有一百种父爱。父亲爱我，爱得世上绝无仅有。在他的眼中，女儿就是一个地球，一个宇宙。女儿仅是一介书生，以笔为生，在父亲眼中，却如此神圣。怜惜女儿钱财的父亲有的是，但连同女儿的时间、精力都怜惜的父亲唯我独有。

每次回家看父亲，吃完饭就想多聊一会儿。父亲总说：“晚了，快回家，明天你还要上班。爸知道你忙，回来吃个饭就好。”

母亲急忙唠叨：“哪有这样的爸，赶女儿走。”

父亲总瞪着母亲说：“你不知道女儿忙，时间金贵？”

母亲不晓得父亲的一番情意，我却深深领情。

让我难受的是每次打电话给父亲问安，还没开口，他就抢话：“玉明，别太拼命，功夫长过命。爸总担心你的身体，别太累。好了，你别煲电话粥了，爸知道你心中有爸。”啪，电话挂了。

七年前，我婆婆去世，剩下公公一人。公公一辈子由婆婆伺候，连电饭煲也不会用。我和先生天天两头跑，给公公做饭。退休在家的父亲知道了，主动请缨，由他陪公公住。父亲原先在工厂大小也是个官，却天天不耻躬身，为我公公做饭、洗衣，甚至端洗脚水。去年，公公老年痴呆症发作，走丢了好几回，我们无奈，只得把公公送回乡下。此时父亲已是肺气肿、哮喘、高血压等多病缠身，却不放心公公，陪他到乡下住了一个多月。

父亲去了那个遥远闭塞的小村庄，最令我难受的是父亲的“工作汇报”：“噢，爷爷尿尿，整个房子都有一股味。我用洗洁精刷了，还喷了花露水，现在一点儿味也没有了……”

“我今天骑单车到圩里，给爷爷买早餐，哈哈，他吃得很开心……”

其实，我在乡下请了专人看护公公，这些活用不着老父去做。我跟父亲讲一百遍这样的道理，一百遍都是白讲。终于有一天，乡下来了电话，才知差点儿出了大事。

父亲给我解释说，他只是想用轮椅推爷爷去圩里喝茶，因为爷爷很久没出去喝茶了。他真的没料到，推到半路，哮喘发作，双双让人家救回村子……

我拿着话筒的手在颤抖。我真的不敢想下去，加起来一百五十多岁的两个老人，一个哮喘，一个痴呆，搁在前不着村后不着店的乡间路上会有什么结果。

父亲听我半天没说话，像做了错事的小孩儿一样，小心翼翼地说：

“玉明，让你受惊了？吓着你了？都是爸不好，老了，不中用了……”我抽搭着，说不出一句完整的话：“不，爸爸，谢谢你。我知道，你是为我去做的，只是你不能有事的……”

所有认识我公公的人，都说公公命好，有这么一门好亲家。只有我心中清楚，父亲所做的一切，全是为我。此心此情，我无以为报。去年年底，父亲中风住院，我陪护。在那个灰暗的阴风飕飕的急诊室，父亲挣扎着坐起来，向我一一交代后事。我紧紧拉着老父满是青筋的手，生怕一放松，就真的没有了父亲。我哭着骂他：“胡说什么！爸，你命长着呢，好多福还没享，至少女儿还没认真孝敬过你，你舍得走，舍得女儿难受？”

爸两行浊泪横流。

爸病情稳定后，我又赶上出差。千里之外，夜夜难眠，只求上天保佑我父。

上天真保佑我，父亲好得出奇，原来不灵活的手脚，竟好得一点儿后遗症也没有。爸出院时拍了CT，医生说，从片子看没有血栓迹象，恐怕不是脑血栓。

没想到不出半年，老父再度中风，而且并发肺心病。父亲入院的第二天，我就在病危通知书上签了字。拿着病危通知，我失魂落魄地开始骂自己：多年来劳碌奔波，为小家庭，为小女儿，却极少顾及老父亲。觉悟已晚，只好拼命补偿，天天跑医院，挤出每一分钟陪父亲。

每次到病房，看着插着氧气管、食管、尿管、针管的父亲，我的心如刀绞。我趴在老父的耳边叫：爸，玉明来了，我是玉明……

父亲努力睁开眼看我。他已不能说话，我们对望着，千言万语，尽在眼中。

父亲临走前两天，突然好转。我带女儿去看他。老父指着我的手袋，我忙把纸笔递给他。他在纸上画了大半天，终不成字。大哥干过公安，有经验，猜测了半天，认为是“不要浪费”四字。

我问父亲是否此意，父亲点头。

哥说，爸不想我们为他花那么多医药费。

我知道，除了这层意思，父亲还怕我天天跑医院，浪费太多时间，太劳累。

其实我应该内疚。明知老父已风烛残年，还让他为我操那么多心，我又曾为父亲做了什么？

以为给老父三五百元，以为给老父买这买那，就是孝顺，多么的愚蠢！其实我最欠的，是给父亲时间，多陪着他，说个亲热话，做些开心事。

悔之已晚。去年觉悟了，想带父亲到英国走走，看看小妹。谁料工作太忙，拖拖拉拉，手续办了半年没办好，父亲的身体却每况愈下，已经无法出远门。更改计划，去香港吧！母亲一再声明，父亲其实走路已经很艰难，绝对游不了香港。于是大哥出了个主意：香港游不了，去澳门一天，小澳门，不需要走路。结果旅游票还没买，父亲就一病不起，撒手人寰。父亲带走我多少遗憾，留下多少我无法偿还的心债！

我已经长大了

李家同

我的爸爸是任何人都会引以为荣的人。

他是位名律师，精通国际法，客户全是大公司，因此收入相当高。可是他却常常替弱势群体服务，为他们提供免费的服务。不仅如此，他每周都有一天会去励德补习班给那些青少年受刑人补习功课。每次高中放榜的时候，他都会很紧张地注意有些受刑人是否榜上有名。

我是独子，当然是三千宠爱在一身，爸爸没有惯坏我，可是他给我的实在太多了。我们家很宽敞，布置得极为优雅。爸爸的书房是清一色的深色家具：深色的书架、深色的樟木墙壁、深色的书桌、书桌上造型古雅的台灯……爸爸每天晚上都要在书房里处理一些公事。我小时常趁机进去玩，爸爸有时也会将他处理某些案件的逻辑解释给我听。他的思路永远如此合乎逻辑，以至于我从小就学会了他的那一套思维方式，每次在课堂上发言时都思路清晰，经常受到老师的表扬。

爸爸的书房里放满了书，一半是法律的，另一半是文学的，爸爸鼓励我多看那些经典名著。因为他常出国，我很小就去外国看过许多世界著名的博物馆。我隐隐约约也感到爸爸要把我培养成一个有教养的人。在爸爸的这种精心培育之下，再笨的孩子也会有教养的。

我在念小学的时候，有一天在操场上摔得头破血流。老师打电话告诉了爸爸。爸爸来了，他的黑色轿车直接开进了操场。爸爸和他的司机走下来抱我，我这才注意到司机也穿了黑色的西装。我得意得不得了，有这么一位爸爸，真是幸福的事。

我现在是大学生了，一个月才能和爸妈度一个周末。前几天放春假，爸爸叫我去垦丁，我家在那里有一幢别墅。

爸爸邀我去海边散步。太阳快下山了，爸爸在悬崖旁边坐下休息。他忽然提到最近被枪决的刘焕荣，爸爸说他非常反对死刑，虽然死刑犯从前做过坏事，可是他后来已是手无寸铁，而且有些死刑犯完全改过向善，被枪决时，甚至已经是个好人了。

我提到社会公义的问题，爸爸没有和我辩论，只说社会应该讲公义，但更应该讲宽恕。他说："我们都希望别人能宽恕我们。"

我想起爸爸以前曾做过法官，就顺口问他有没有判过犯人死刑。

爸爸说："我判过一次死刑。犯人是一位年轻的原住民，没有什么常识，他在台北打工的时候，身份证被老板娘扣住了，其实这是不合法的，任何人都不得扣留他人的身份证。他简直变成了老板娘的奴隶，在盛怒之下，他打死了老板娘。我是主审法官，将他判了死刑。事后，这位犯人在监狱里信了教，从各种迹象来看，他已改造成了好人。因此，我四处替他求情，希望他能得到特赦，免于死刑，可是没有成功。

“他被判刑以后，太太为他生了个活泼可爱的儿子。我在监狱探访他的时候，看到了那个初生婴儿的照片，想到孩子将成为孤儿，我伤感不已。由于他已经成为一个好人，我对当时判他死刑痛悔不已。

“他临刑之前，我收到一封信。”

爸爸从口袋中拿出一张已经变黄的信纸，一言不发地递给了我。

法官大人：

谢谢你为我做的一切努力，看来我快走了，可是我会永远感谢你的。

我有一个不情之请，请你照顾我的儿子，使他脱离无知和贫穷的环境，让他从小就接受良好的教育。求求你帮助他成为一个有教养的人，再也不能让他像我这样，糊里糊涂地浪费了一生。

我对这个孩子大为好奇，“爸爸，你是怎样照顾他的？”爸爸说：“我收养了他。”

一瞬间，世界全变了。眼前的这个人不是我的爸爸，他是杀我爸爸的凶手。子报父仇，杀人者死，我跳了起来。只要我轻轻一推，爸爸就会跌到悬崖下面，摔得粉身碎骨。

可是我的亲生父亲已经宽恕了判他死刑的人。坐在这里的，是个好人，他对自己判人死刑的事情始终耿耿于怀。我的亲生父亲悔改以后，仍被处决，是社会的问题，我没有权利再犯这种错误。

如果我的亲生父亲在场，他会希望我怎么办？

我蹲了下来，轻声地对爸爸说："爸爸，天快黑了，我们回去吧，妈妈在等我们。"

爸爸站了起来，我看到他眼中的泪水。"儿子，谢谢你，没有想到你这么快就原谅了我。"

我的眼睛也因泪水而有点儿模糊，可是我的话却非常清晰："爸爸，我是你的儿子，谢谢你将我抚养成人。"

这时海边刮起了垦丁常刮的大风，爸爸忽然显得有些虚弱。我扶着他，在落日的余晖里，顶着大风朝远处的灯光走去。荒野中只有我们父子二人。

我以我死去的生父为耻，但也以他为荣，他心胸宽大到可以宽恕判他死刑的人。

我以我的养父为荣，他对判人死刑一直感到良心不安。他已尽了他的责任，将我抚养成人，甚至对我可能结束他的生命，都有了准备。

而我呢，我觉得我又高大、又强壮，我已经长大了，只有成熟的人才会宽恕别人，才能享受到宽恕以后带来的平和。

我的亲生父亲，你可以安息了。你的儿子已经长大成人。我今天所做的事，一定是你所喜欢的。

邻居家的女儿

苏小懒

1

午休睡醒，母亲推开你的房门说邻居王叔要来。叮嘱你不要出去。

父亲从冰箱里拿出半个西瓜，切成块，逐一摆在盘子里端到客厅的茶几上。又掏出茶几深处自己平日里宝贝半珍藏的茶叶，小心地捻出几片，扔到茶壶里，倒入滚开的热水。

你懒懒地斜倚在客厅胡桃木色的门柱上，看到母亲从厨房拿了洗净的抹布，将茶几擦得异常明亮，晃得你，有点儿睁不开眼睛。

2

米花一个月零花钱才五块。看看你，真不知道败家到哪里去了。

——小学一年级，你看到同桌漂亮的西瓜太郎文具盒，回家跟母亲要零花钱准备买一个一模一样的，母亲从口袋里掏出十元钱，有意无意地瞥你一眼这般答复。

丁当每件衣服都是她姐穿剩下的，从不跟大人要新衣服穿。

——小学六年级，班花穿了一件她父亲从法国带回来的海蓝色蕾丝连衣裙，引起全校轰动。你理直气壮地伸手跟母亲要钱买新衣服穿，看到母亲无奈地摇摇头，打开抽屉摸出一张老人头递给你。

阿蔡考到省重点高中真是祖坟冒烟哦。你呢？父亲胡乱按着电视遥控器，没来头地问你：到了省重点后，是想住校，还是要走读？

——彼时还在读初二的你，嘴里正叼着一个苹果以便腾出双手弄邻居家新抱来的小狗，听到父亲的话苹果冷不丁掉下来，因为你注意到父亲的措辞——不是问你考不考得上，而是问你，考上后是要选择住校还是走读。

小薇考上了北京广播学院，他爸妈今天到公司发了一堆喜糖，在家里放了鞭炮不说，跑到公司又放了一遍。

——你惴惴不安地展开握在手中长达几个小时的“补考通知书”，看着父亲在“家长签字”一栏中一笔一画地签好名字，若无其事地看你一眼，终究没有再继续说下去……

3

是从什么时候开始。

她们。在你眼中如稻田遭遇虫灾，黑压压从四面八方盖过来。盖过你的头顶，盖过你的身体，覆压在你所生存的所有空间。

你曾经祈祷——祈祷在你家方圆百里没有与你同龄的小孩儿。

但事实总让你失望。

她们无处不在。

她们疯狂缠绕着。

她们肆意吞噬着。

——你，终究是有些窒息的吧？

4

被你唤作“王叔”的人到时，你正趴在房间的床上看杂志，嘴里还在啃着一个有些蔫了的桃子。母亲拉你出来，小声叮嘱着“嘴甜着点，别老是不会来事”。

你不情愿地被母亲推着进了客厅，看到王叔坐在沙发上，跷着二郎腿，正低头接受父亲打着打火机为他点烟的殷勤。

看到你出来，他仰起头，半眯着眼睛，似在等待。而你执拗着不肯开口。

母亲在你背后练她惯用的“神掐手”，你被母亲掐得龇着牙，勉强从嘴里挤出“王叔好”三个字。

王叔略微点了点头，继而垂下眼帘，嘴巴里吐出一个个烟圈。

看到别人抽烟就厌恶地皱起眉头的父亲此时正端着早早泡好的茶水，小心翼翼地放在王叔面前，“您喝茶。”

王叔端过茶杯吞了一口，嘴里含糊不清地说着：“唔，好茶好茶。”

母亲只是赔着笑。

不善言辞的父亲小心地坐在王叔身边，怯懦着不知如何开口。

于是，突然间，整个房间陷入长时间的沉默。

5

你从来都不是让父母省心的孩子，尤其对父亲而言。

你初二厌学，不顾所有人的反对坚持休学半年。

你初三参加中考没有考取重点，父亲想要你去校规非常严格的三中，你却执意要去口碑不太好的二中，只因为二中的操场附近有一大片丁香花，远远看上去很美丽。

你高中时在杂志上发表文章忘乎所以，沉浸在交笔友的兴奋中，每天几乎用所有的业余时间写信、回信。

你没有考到什么好大学。

你没有考到什么好大学，却坚持要退学……

现在回想起来，其实你做过远比这些还要过分、还要让父母伤心难过的事情，过分到你现在都难以启齿，甚至在写这篇文章的时候，不敢下笔将这些过往公布于众。他们伤心难过到多少次想要和你断绝关系。而伤心难过之后，你在很久以后才偶然得知的是：

你的父亲偷偷请你所有的老师吃饭，恳请他们看在一个用心良苦的父亲的分上，上课时多多提问你，课后多辅导你，他甚至不惜挨个登门拜访给你的老师去送礼。

你的父亲暗地里联系了学校传达室的负责人，恳请他以后有什么信件扣押下来以免影响你的学习。

家中所有关于你的来电全部挂断，你的父母甚至在电话里大声斥责你所有的同学，希望他们不要再打电话影响你学习。

那时的你仇恨他们，尤其仇恨父亲。因为在你心目中如高山、大海般高大、浩瀚的父亲形象在你面前轰然倒塌。你恨他在那些当时你曾经不屑一顾的人面前卑躬屈膝、低声下气。

可是很久之后，你才明白，其实你只是恨自己，恨自己的不争气，才导致了这父爱形象的逐步坍塌。

当时的你，身体里像是衍生出一个独立的人，它想要从你身体里跳出来，它似乎有了自己独立的思想和情感，它时刻和你的理智和你的亲人树敌、作对。

6

良久的沉默以后，父亲终于说出了他的请求，以你一直都深恶痛绝的方式。

刚刚还在心安理得接受着你父母所献种种殷勤的王叔，在听完后腾地从沙发上弹起来，嘴里叫着“哎哟怎么可能嘛，做什么都得靠自己，这个忙我可帮不了”。

你的父亲因为他这句与往日大相径庭的回答吓了一跳，急忙说道：“大哥您之前答应过的啊，说没问题的。”

王叔摆摆手，“我可从来没说过帮你这个忙。不可能的。”说完，并不顾及你父母的诧异，或者还有不解、愤怒……他迅速地放下茶杯，快步从你家离开。

离开之前，他并没有忘记把烟头扔在烟灰缸里。没被捻灭的烟头闪着微弱的红光，一团团烟雾从烟灰缸中弥漫散开，似在嘲笑你的父母，更似在嘲笑你。

7

“我女儿在 ×× 报当了主任，老苏你别担心，等你女儿要找工作你就来找我——也就是一句话的事。

“我女儿又开着车从北京看我们了，买了几千块的衣服啊。

“我女儿今年奖金就发了十几万，待遇就是好啊。

“你女儿啥时候毕业？提前跟我们说一声，让我女儿给她找个好工作。这对我女儿来说还不是小意思……”

你是怪你的父亲过于相信人才会在三年的时间里持续不断地给一个只知道吹牛的邻居送礼？还是要怪你的父亲动机不纯、有求于人所以活该被人欺骗？还是要怪他一直没有一个叫他省心、让他引以为荣的女儿呢？

邻家的女儿始终存在。

邻家的女儿一天比一天高大。

8

你从来不知道会有这样一个男人，爱你至此。

不计任何回报。无条件袒护你。无论你曾经做过怎样伤害他的事情也终会原谅你。包容你的一切缺点。包容你的自私、任性、固执、娇气、胆怯、懒惰、自卑、敏感、神经质……为你甘做任何事——放弃自尊，放弃原则，放弃曾经的高大，放弃曾经的斗志。

因为你一次次的独立特性和赤裸裸的现实，他频频低头，所以无法成全你心目中关于他的完美形象。

而你，要用多长的时光，才终会明了，那些唯有在他那里才可以找寻到的、所有男人都不可能给予你的，温暖的、舒适的、安全的、滋养的、厚重的、率真的、巍峨持重的、羞于表达的、属于张扬的——隐藏在坚硬的外壳之下，沉甸甸的“父爱”。

宝贝，宝贝

望子成龙

〔澳〕戴蒙·杨格　田玮东编译

我们有充足的理由让我们的孩子去追求。这种追求能让他们在生活中取得成功，同时也给了我们一个扬扬得意的机会。

可是我发现，事情并不像我们想得这么简单。即使我们所做的一切都是出于爱心，有时候我们也会误入歧途。因为我们常常错误地以为，让我们心满意足就是对孩子最大的关心。我们教他们做让我们觉得很舒服很满意的事情，而不是那些真正启发和丰富他们生活的事情。

一个非常好的例子来源于法国著名哲学家和作家萨特的自传《文字》。萨特是著名的作家和公共知识分子，是世界上非常有影响力的人物。他不仅聪明过人，而且还具有非常迷人的魅力。可是在他的自传里，他却讲述了自己失败的童年。从小他就是寡居母亲和外祖父的掌上明珠，总是得到大人们的夸奖。他开始在成年人中进行表演，要时时刻刻表现得聪明伶俐、朝气蓬勃、独具慧眼、诚实好客、乖巧可人。可是这一切都是一场戏，他假装对所谓“正确”的书籍和理念感兴趣，他面带微笑、大声惊呼的设计是为了给成年人留下深刻的印象。反过来，成年人对他的表演都很喜欢，他那孤独的母亲和外祖父在萨特的身上看到了他们想看到的东西。后来，就如萨特所说，他自己就像一位“年老色衰的女演员”，他所有的表演都失去了过去的魅力。华丽的表演渐渐消失了，他就开始暗地里努力，过火地表演，心里渴望着别人的夸奖。当成年人不再假装全神贯注地欣赏他的时候，他就像一位受了伤害的艺术家，或者像他自己所说的“失去了光泽的小天使”那样，被成年人一脚踢开了。他向后退缩，却无处可退。

他的生活一直就是成年人的一道风景。在他老年的时候，他这样写道：“我成了一个玩意儿，被人家退还了回来，那时我才七岁。我只能依靠我自己，可是我自己在那个时候并不存在，我只不过是一个墙上挂满了镜子、空空如也的宫殿罢了。”

即便在功成名就之后，萨特仍然十分渴望别人的认可和掌声。他欺骗、玩弄甚至背叛爱自己的女人，而这一切都源自他那绝望扭曲的自我。当然，我们并不能把萨特所有的缺点都归咎于他的童年，但是这确实让我们深思，当我们把孩子当成小演员的时候，我们究竟在做什么呢？

身为家长，我们拥有无限的权威。是我们给了孩子生活的第一印象，我们给了他们一个微型宇宙，在这个宇宙里，我们既是法官，同时又是警察。因为这个原因，抚养孩子长大成人的过程很容易就变成杜威所描述的那种“利用孩子孤立无助的艺术”。家长们很容易就给孩子们制订了一个无形的合同，孩子们按照这个合同进行表演，家长们则进行相应的表扬和赞许。像萨特一样，他们可以学会让别人惊奇的技能，但是这些都是由家长们所选择的技能。他们学会了顺从和如何取悦于人，而不是去生活中探险。这样做最大的危险并不是教育或求职方面的失败，这样做的危险是，虽然孩子们可以在学校或工作岗位上取得优异的成绩，可是他们一生都将屈从于家长、老师或是配偶的想法。他们可以取得各种各样让人羡慕的成就，可是他们却始终渴望别人的认可、表扬和掌声。他们将失去萨特花了整整一辈子来寻求（却没能得到）的东西：真正的自由，那种勇敢地独立创造自己生活的能力。

我们可以从英国哲学家约翰·斯图亚特·米勒的童年生活中找到这种真正自由的例子。从表面上看，约翰的童年让人觉得萨特的童年是一个被宠坏的童年。

从三岁起，小约翰就开始学习希腊语，十一岁的时候就开始学习拉丁语，后来他可以自己翻译拉丁语。在他进入青春发育期之前，就已经阅读了大量的历史著作和各种各样的评论散文。

十三岁的时候他就开始“享受政治经济学的全部课程”。在一般孩子高中毕业的年龄，约翰所受的教育和他的智力都达到了大学讲师的水平。萨特小时候读的是浪漫故事和惊险小说，而约翰的消遣则是《堂吉诃德》和《天方夜谭》。

很显然，约翰的父亲詹姆斯也希望自己的儿子能够功成名就。约翰也确实不负众望，他参加辩论，给报纸和杂志写文章，还竞选当上了国会议员。然而，约翰却从来都没有萨特那种渴望别人表扬的需求，也没有那种无理的、不可抑制的、需要别人爱戴的愿望。他对自己所钟爱的女人哈瑞特·泰勒是温柔而不是迫不及待，是充满激情而不是玩弄于股掌之间。总之，童年的压力和追求并没有让约翰变成一个只知道背台词做鬼脸取悦于人的演员。恰恰相反，他的童年让他一生不断充实丰富自己的生活。

他的秘密究竟是什么呢？詹姆斯·米勒并不是儿子的观众，而是儿子的老师。与其替代约翰去生活，不如耐心清醒地与自己的儿子交谈。他们喜欢在一起散步，儿子会对父亲讲述自己所读过的书籍和学到的知识。他这样写道："……我童年的记忆是绿色的田野和各种各样的野花，加上给父亲讲述我昨天读过的书籍和学到的知识。"他们在英国乡间小路上散步的时候，父亲不断磨炼儿子的思维。

在进行这种正式教育的同时，他还对儿子进行了一种道德教育。詹姆斯从来不强迫自己的儿子为了得奖而同其他的孩子竞争。事实上，他根本不让儿子同任何人竞争。取而代之的是，他希望儿子用一种哲学的标准来要求自己，那就是不要简单地人云亦云"做其他人也做的事情"，而是要做"一个人应该做和能够做到的事情"。简单地说，他把生活的原则介绍给了儿子。那些完美清晰的理念照亮了孩子和他的世界。这一切促使约翰没有在骄傲、残忍、卑劣和自负中寻找自我满足。他对人类的清醒认识指引了他的人生之路。

约翰童年的意义并不在于我们都应该学习希腊语或者学习政治经济学。这其中的意义在于，只有当孩子发展自己的理念，用自己的眼睛和头脑观察、感受以及评价周围世界的时候，他才能健康成长。

分别的时候

秦文君

不久前，我出国讲学，结果签证办晚了，实在赶不上了。我家的小孩儿听说后，狂喜得载歌载舞，一得意，不由得吐露了真言，说是这一阵，她每晚临睡前都要祈祷一遍："签证不要下来呀！"小孩儿读了六年的书，当初曾像一团热情的火，呼啦啦，奔放着一路烧出去。而如今，见到了一些不如意或是不公平的事，回到家，面对父母宽容和蔼的笑容，她像个历经沧桑的人，常常轻叹一声："家里真好啊！"

每次听说我要出差，她都会哭丧着脸说："你又要走了！"随后，隔一天就要追问一句："你又要走了？"她把这当成一件牵肠挂肚的心事。

每逢双休日出差，小孩儿会送我到楼下，随后飞奔而回，慌慌张张地，常常会一不小心撞在陌生行人的怀里。我知道她是急着赶回家，独自站在高高的窗台前目送我，看我走出弄堂，坐上车，越开越远，直至消失。她慌不择路是害怕错失了那个送别的程序，所以，每回见她抽身而去时，我都会有意放慢脚步，暗自估算着她是否已趴在了窗台上。

在小孩儿心里，这纷繁的世界里能给予她阳光的人还是很少很少的，没有比与父母厮守更富有安全感的。

有一次出差，我提前办完了事，改了机票匆匆返回。那天正好是周六，我轻轻打开门锁走进房间。小孩儿正弯着身体埋头做功课，她抬头瞥见我，淡然一笑，又埋头做起来，并不理会我。

“喂！”我轻声叫道。她抬头看看我，讷讷地问：“妈，你是真的吗？”

我笑起来，说：“当然！”

她小心地伸过手碰碰我，触摸到了我的袖子，又摸摸我的脸颊，忽而灿烂地笑起来，说是她想我不可能提前回来的，还以为又是幻觉。

在我们分别的日子里，小孩儿会一往情深地想念我，焦虑地幻想我归来时的欢乐。她还会抱住我的衣物，勾下脑袋把小脸埋在里面。事隔数年，她还把我出差的日期记得分毫不差。

“那天，是1996年2月2日，你去北京，是星期五晚上！”她娓娓道来，“你拖着行李箱走呀走，像拉着一条狗，走得很慢，你坐上一辆出租车，车子开得慢极了，我以为你改主意，不想走了。”

那是我跟司机说：“我女儿在楼上目送我呢。”

司机回道:“真难得!”于是，他慢慢启动，车子开得像跳慢四步舞，轮胎在水泥地上艰难地磨着。

她又告诉我说，1998 年 8 月 27 日星期四，正好是暑假返校日，她从学校慌里慌张往家跑，想着:妈妈走了还是没有走呢?她想一定是走了，一定是走了。推开门，发现我还在整理衣服往箱子里放。她有多惊喜，心里在说，原来妈妈没走，妈妈还在!她时常为与我短暂的离别而流下滚滚热泪。

我总感觉，她给予我的真情，既是一个孩童对于母亲的热爱，还有在外面碰壁后无处可给的深厚友情。这个失意的小孩儿把想索要又想付出的种种情感都一股脑儿掏了出来，交在我手上。

这是一个重感情的小孩儿，她能理解我的奔波，也会格外珍惜每次分别后团聚的日子。可一个小孩儿仅从家里获得爱和关注是远远不够的。当一个小孩儿在童年期遇上的是善待和仁慈时，才会懂得人间的温情，才会重情和善良。在我们做小孩儿时，曾遇上过一些师长、邻居或是素昧平生的人，他们给予我们的点点滴滴的爱护，我们往往记住的不仅是他们的姓名，同时还是人类的光辉和美德。我们从自身的经验中相信，做一个关怀小孩儿的人是多么富有诗意，多么无愧于未来。

爱的训练

醉东风

儿子问我：“妈妈，你为什么管我爸爸的妈妈叫妈妈？你又不是我奶奶生的！”我说：“我和爸爸是夫妻啊，就是一家人了。那爸爸的妈妈当然就是妈妈的妈妈了。”

儿子并不罢休：“那你叫，你现在大声叫个妈妈给我看看。”我有些尴尬，虽然平时也“妈、妈”地叫，但被儿子搞得这么正式还是头一回。但为了应付儿子，也只能边吃饭边大声地叫一声：“妈！”声音是发出了，但眼睛是瞅着盘子的。

儿子马上抓住把柄了，他得意地叫起来：“看吧，你没有看我奶奶就叫妈妈，说明你害怕了，你不敢看着奶奶叫妈妈。”我怎能如此败下阵来，马上把身子侧向婆婆，迅速再叫一声“妈”！婆婆跟我一样，平时都不是善于表达感情的人，虽然我们相处得很融洽，但这样直接的感情交流却是没有过的。婆婆听我叫她，也不太好意思，眼神闪烁着，也不看我，斜看着饭桌旁边的墙壁，嘴里答应一声。

我想，这次算过关了。但儿子还是看出了端倪。“你们两个像做贼一样，一个都不敢看另一个。这下你看着奶奶，奶奶也看着你，我数完一二三你再喊妈妈！”

迫不得已，我转身注视着婆婆，婆婆也转身注视着我。我们的目光碰撞得如此胆怯和心虚，恨不能都把目光在半截处定格了，在相撞之前就收住；恨不能及时地在目光延伸处寻找一个飘忽的烟尘，让眼神有个实在的着落。我和婆婆，就这样对视着，感觉目光不是直的，而是曲里拐弯的，最后不得已地交会。

儿子终于数完了“一二三”！我终于圆满地完成了叫“妈妈”的任务。然而，心绪却再也无法平静了！

我从前那么多次地叫过“妈”，我注视过她的眼睛吗？没有！“妈”就是一个合适的称谓，可以唤婆婆的恰当的名词而已。我在叫婆婆的时候，已经把“妈”的内涵省掉了，“妈”的后面是空白……

为什么我注视着婆婆叫她“妈”的时候，会这样生涩和艰难，甚至尴尬？因为我从没有想过她可以替代我母亲的位置，因为我只是把她当成先生的老人来对待。面对她，我想到的是我应该尽到什么责任和义务！虽然我对她很好，但这好，和责任有关，与爱无关。从心底里，我没有真正“爱”过她！我管婆婆叫“妈”的时候，都使用过怎样的语气？有没有像叫自己的母亲那样——快乐的、亲切的、娇憨的、接连不断的……没有过，我从来都是一声短促的“妈”，声音的符号布局！甚至婆婆，在叫我的时候也是这样，她从来没有叫过我的名字，而是面对着我叫“昊昊”（儿子的小名）。

我和婆婆之间，就像两个被搭错了的音符，感觉不和谐，但谱曲的人偏偏就这样搭配了。我们都把这当成是命里注定的事情，婆婆没想过要降个调，我没打算要升个调。放在一起就放在一起吧，形体上的和谐，精神上的距离。

我终于明白了，为什么天底下有那么多婆婆和媳妇不能和睦相处。因为她们在互相呼唤的时候没有认真地注视过对方的眼睛！

眼睛是心灵之窗。看着婆婆的眼睛，你就走近了她的心灵的边缘，你能感觉她的眼神是温暖和善的。也许，第一次你会觉得陌生，但时间长了，陌生的罅隙就会缩短和消失，婆婆，就成了自己的亲人，真正的亲人。

我得感谢儿子，他给我上了一堂课，有关“爱”的训练！

我比女儿大三十

马浩

这是给女儿讲故事呢。

四十年前，你爷爷有一件的确良褂子。

“爸，什么是的确良？”女儿好问，她那打破砂锅问到底的劲头，有时就像一只可爱的小狗追着啃你的脚后跟，常会把你逼到死角。

“的确良是一种布料的名称，就像你叫佳田一样。”她点点头，似乎明白了。

你爷爷那件的确良褂子，在当时很时尚，米白色的，小尖领，白纽扣，下摆开衩，后摆呈鹅卵形。穿在你爷爷身上，那个神气！不过，我很少见他穿。

哪天他穿了，一定是要出门去了，或走亲串友，或赶集上店。更多的时候，那件褂子被你奶奶折叠得有模有样，放在箱子里。

我像你这么大的时候，也爱美呀。有一天，家中无人，我就打开老木箱取出了那件褂子，穿在身上。褂子立马变作了拖地长袍，双袖舞动，大有飞天之意。我穿着它院前院后地跑，玩得正起劲，你爷爷回来了，我的屁股结结实实地挨了几巴掌。

那件褂子在村里很有名，谁家的小伙子要相亲，都会来借。一般都是在晚饭后，全家坐在院中凉快，有人推门而入，手里拿着诸如瓜果之类的时令果蔬，满脸堆笑，对你爷爷如此这般地讲着，你爷爷连连点头。临了，那人还一再叮嘱，就这样定了，千万别再应人了。

女儿听完，说我是瞎编的。她这么一说，我似乎也有恍惚若梦的感觉了。

再讲——

过去，我们村里，有一户人家，生了一双儿女，大的是哥，小的是妹。

这家的父母重男轻女，女儿留在家干活，让男孩儿去读书。一天，小男孩儿生病了，没法去上学，父母亲很着急，功课不能落下，怎么办？父亲就让女儿顶替儿子上两天学。女儿听了，乐坏了。

“哈哈……爸，你忽悠，接着忽悠。”上小学三年级的女儿学着范伟的腔调狂笑着。

“这可是真的。”我想告诉她，那个父亲，就是她的爷爷，可我没说，她爷爷早已作古了。

再讲一个吧。

20世纪80年代初，村民大都把猪圈盖在大门之外。善良的村民们做梦都没有想到，有人会偷猪，要知道，一头猪几百斤呢。

他们不知道贼有的是办法，据说偷猪贼用酒泡馒头，一个不起眼的馒头能“喝”半斤多酒。酒香掺和着馒头的香气，能把猪从美梦里唤醒。猪一贪嘴，就醉倒了。这时，小贼就会麻利地把猪嘴巴扎上，四肢捆绑，装进麻袋，神不知鬼不觉。

为了加强治安，村里组织了一个护村队，村长、村治保主任出任队长，每天晚上分班在村里巡逻。终于，在一天夜里捉住了一个偷猪贼。小贼被押到村部，村长一干人把他捆起来吊在屋梁上，充当起了沙包。次日，让他挂着牌子游街，胸前的牌子上写着“我是无耻的贼”，手里还敲着铜锣，边走边敲边叫喊：“我是偷猪贼。”后面跟着一大群看热闹的村民。

“停，停。”女儿打断我的故事。

“又说我是瞎编的？”

“不是，我想说，他们捉住偷猪贼，应拨打110，或者把他扭送到当地派出所，他们这样做违法。”

我异样地看着女儿，回想当年，我曾是拥挤人群中的一员。当然，我比女儿大了三十岁。

宝贝，宝贝

周国平

简单的幸福

早晨，啾啾醒了，屋子里响起了她嘹亮的啼哭声。她没有眼泪，只是用这信号报告她醒来的消息，召唤我们到她的身边去。然后，她躺在小床上开始自己玩，可以玩很久，兴致勃勃地咿呀发声。她的声音轻柔、婉转，真像是小鸟的啁啾。

在小鸟的啁啾声中，新的幸福的一天开始了。

和孩子在一起，天天是平凡的细节，寻常的情景，在外人看来毫不足道。可是，身在其中的人，感受完全不同。

你外出归来，她急切地朝你伸手，扑到你的怀里。你抱她，她把温润的小身体紧贴你，小脑袋偎依在你的胸前。她的嘴恰好挨着了你的胳臂，就啃了起来，一边把她香喷喷的小手也塞进你的嘴里。这些算得了什么？但你就是感到幸福。

她在妈妈怀里吃奶，你叫她一声，她立即松开乳头，回头看你，满眼含笑。然后，她吃几口奶，再回头看一看你，始终是满眼含笑。她的眼神，完全是相识，是接受和满意，是放心和信任。这些算得了什么？但你就是感到幸福。

婴儿期的啾啾，小脸蛋胖嘟嘟、红扑扑的，但眉清目秀，让我永远看不够。她的眼睛很美，大大的，澄澈而富有表情，眼梢上翘，妻子红说是吊梢眼，非常狐媚呢。最好的是健康，1 岁半前不曾生过病，一点儿不让我们操心。在我们眼里，她近乎完美。这当然是偏见。一切父母当然有偏见。一切父母当然有权利有偏见。

红谦虚地说："我何德何能，竟有这么好的一个孩子。"

我问："怎么好？"

红想了想，答道："在她身上，上帝把我们两人的遗传结合得这么好。"

我笑了，说："原来你是骄傲啊。哪里是遗传，上帝还给了她我们两人没有的东西，所以她才会这么好。"

我向啾啾诉衷情："爸爸真不敢相信，爸爸会有你，会有这么好的女儿。"

红补上一句："爸爸应该有你，妈妈配有你。"

我说："对，你是爸爸的命，是妈妈的奖品。"

我喜欢给啾啾喂奶。看她躺在我怀里，一双晶莹的眼睛望着我，满足地吸着奶嘴，我也感到了莫大的满足。

看我这么陶醉，红奚落道：“爸爸不要以为他喂奶，奶水就是他身上的。”

我答：“奶水就是我身上的啊，因为我觉得我整个儿变成了一个大奶瓶。”

我唱《在那遥远的地方》：“我愿她拿着细细的皮鞭……”

“你愿意抽他吗？”红问啾啾。

“宝贝，以后谁跟在你身旁，爸爸帮你抽。”我说。

“你想让她当老姑娘呀！”

我们的陋室里常响起这样的戏谑。

人世间真实的幸福原是极简单的。人们轻慢、拒绝神的礼物，偏要到别处去寻找幸福，结果生活越来越复杂，也越来越不幸。

有一回，红对我说：“夜晚，我看书，看进去了，好像什么都忘了。抬起头，突然看见小床，那里睡着啾啾，便感到一阵惊喜，心想怎么会有这么好的事情啊。”

说得太好了，这也正是我的感觉。小生命带来的幸福感是无与伦比的。最强烈的感觉是，你就在奇迹之中，你难以置信。

伊甸园里的文学

孩子是天生的诗人。孩子常常不假思索，口吐妙语，其形象、贴切、新颖，是成人难以企及的，哪怕这个成人是作家。

电影里，一个男人乐极而悲，大笑又恸哭。她评论说：“他笑着哭。”（2岁）

她要睡了，红嘱咐我把灯拧暗些，她立即叫起来：“不要暗！”红说，亮了睡不好。她解释：“不亮就行，暗有点儿像污染。”（3岁）

霰儿送来一束百合和一束黄玫瑰。她即兴发挥，说：“妈妈是百

合，我是黄玫瑰。”我问：“爸爸呢？”她说：“爸爸是一棵苹果树，又大又高又粗，长满苹果，永远这样。”多好的祝福。（5岁）

屋外传来风的尖叫声。我说：“真可怕。”她附和说：“像有人掐它似的。”

晚上，我们在院子里散步。

她注意到喷泉没有开，说：“喷泉睡了。”接着说：“路灯没有睡，路灯要到天亮再睡。”（3岁）

小燕洗了她的小手套，挂在阳台的横杆上。她去看了一眼，扑哧一笑，说：“它们孤独地挂在那里。”横杆上只有那一双小小的手套，的确显得孤零零的。（5岁）

临睡前，妈妈用英语向她道晚安，她说：“我喜欢妈妈用英语说的晚安，有一种夜晚的味道。”（4岁）

我和红在交谈，她想对妈妈说话，没有机会插进来，后来把想说的话忘记了，沮丧地说：“妈妈，你浪费了我想对你说的一句话。”（6岁）

晚上，我和红都在厅里埋头看报纸，她有点儿寂寞，批评道：“两个报纸人！”（4岁）

在车里，她很困了，我问她一个什么问题，她不答，我再问，她说：“我什么也说不了，现在我的脑子里什么也没有。”（3岁）

夜晚，她睡不着，向妈妈诉说：“妈妈，我脑袋里面乱七八糟的，像刚吃完饭还没有收拾的桌子，黑乎乎的，像缠成一团的乱毛线。”她妈妈用两个成语概括：杯盘狼藉，心乱如麻。（6岁）

晚上，她躺在床上，很困了，向我诉说：“朝右睡，看见噩梦；朝左睡，看见笑话，都睡不着。”（6岁）

童言有真知

院子里，一棵小树旁插着一根枝条，红说那是妈妈带着一个宝贝。她若有所思地说："就像妈妈抱着我。"我假装不满地嚷道："那爸爸只有一个人了。"她立刻教训我："每个人都是一个人的！"（2 岁）

我叹服。她不知道她说出了一个多么深刻的人生真理。无论谁，在企求别人的爱、同情、援助的软弱时刻，都应该记起来："每个人都是一个人的！"

她把妈妈惹生气了，我让她去向妈妈道歉，她不肯。我问："那你要做坏孩子吗？"她答："我不做好孩子，也不做坏孩子。"我问："不做好孩子，也不做坏孩子，那你做什么呀？"她答："我做自己。"（2 岁）

说得好。人们常常用一些固定的规范去教育和衡量孩子，宣布只有符合这些规范的才是好孩子，"好孩子"形象成了悬在孩子们头上的一把尺子，违背了就会挨打。啾啾把这把尺子推开了。令我赞赏的是，她这么小就有了要"做自己"的意识。我一向认为，"做自己"是人生第一重要的觉悟，任何人唯有首先做一个好的"自己"，才能成为真正意义上的好公民、好官员、好商人、好作家等。

我和她逗趣。我说："爸爸爱你，比妈妈少一点儿。"她否认。我说："爸爸爱你，比妈妈多一点儿。"她又否认。我说："爸爸爱你，和妈妈正好一样多。"她仍否认，然后说："每个人都有自己的爱。"（4 岁）

意思很清楚：爱是不可比较的。仔细想想，人世间多少怨恨和纠纷岂不正是源于爱的比较，在爱多爱少上斤斤计较。每个人都有自己的爱的——你心中藏着自己的爱，好好地爱，这就行了。一旦计算爱的多少，就不是真爱了。

雾是我的女儿

陈芳明

雾是我的女儿，徘徊在窗外，在街口，在路灯下。雾是我的女儿，深邃、神秘而难解。不知道这场雾游荡了多久，弥漫了多远，我只知道在雾深处的什么地方，一定有我女儿的踪迹。中年父亲的心情如我，坐在客厅等候女儿夜归。她只是去赴男友的约会，我却好像与她有了一次久别。我是不是应该到雾里去寻她？是不是需要驱车去接她？犹疑不决的问题，雾般缠绕着我的思绪。

什么时候开始，我才发现女儿变得沉默？什么时候开始，才知道我与她是以这样的方式对话？强烈感受到这些问题的存在时，她已然是一位披着长发、楚楚动人的少女了。望着她弹琴的背影，我痛悔有多少美好的时光已经被轻掷。

就在三年前，妻神秘而仓皇地告诉我，女儿的月事来了。我一时还不能意会那代表什么。还记得几天前，就在那株枫树下，她弯腰捡拾一片早红的落叶。阳光穿过枝丫，投射在她发亮的脸庞上。她问我要不要把这片叶子夹在书里，然后就把它放在我摊开的书页上。我还以为这样的日子会无限延续下去，我还以为只要从窗口望出，她就会在草地上奔跑。想必是在我构思一篇文章，在我冥想一段政治评论的时候，女儿趁机长大的。那总是发生在我看不到她的时光里。她在我的世界，在我的时间里突然失踪。想必是在我远行的时刻，在我们聚少离多的日子里，她决心向童年告别。

我是那种具有父权的男人吗？这是我不知道的。我常常向她提醒，不要把我当作严肃的父亲，而是一位可以交谈的朋友。她与朋友吵嘴了，做错事情了，我都乐于平静地坐下来与她讨论。我容许交谈各种话题，毫无禁忌。我仍清楚地记得这样一次对话，在我重病躺在床上时，她用清脆的英语忧心地问我："你会死掉吗？"我说："大概是吧。"她好奇地追问："如果你死了，选择葬在山上还是坟场？"我从未遇到过这样的问题，一时之间只好回答："最好是在山上。"这时她的表情似乎有了些恐惧，却又忍不住提出她最关心的问题："你会变成骷髅吗？"从来没有人是如此慰问病人的，我还是诚实地回答："是的。"她听了后，脸色微变，然后立刻放弃慰问，退出房门。

充满想象力的女儿，喜欢问一些令人猝不及防的问题。那种高度浪漫的性格，想必遗传自我。我深深相信，两人对话的空间何等广阔。在冬夜里，我在炉里生火，就知道她会自动伏卧在炉前，借着火光读书。

那种温暖，无须依赖任何言语，也不是来自燃烧的木头，而是存在于她与我透明的心灵之间。她喜欢与父亲一起享受着炉火，谈一些无谓的话题。她依旧是那位眨着梦幻般眼睛的小孩儿。在摇曳的火红中，我斜睨她的卧姿。那种无邪的神情，谁也不能确信她即将是一位少女。

我决定返回台湾时，知道女儿是不可能与我同行的。在异域诞生的她，早已习惯了用英语思考与阅读。自她出生以来，我就已迈入长期漂泊的岁月。由于政治的原因，我曾度过一段漫长的放逐生涯。从西雅图移住洛杉矶，又从洛城搬到圣荷塞，我未曾为她许诺一个稳定的家。她熟识了一些朋友，又因为我的迁居而必须与她们告别。那样小小的心灵，过早地尝到无数别离的滋味。她没有权力选择自己的出生地，但至少有理由选择她想定居的地方。我知道她爱极了圣荷塞谷地，那里阳光的金黄、树叶的翠绿、天空的碧蓝，已经化为她肌肤的颜色，也已成为她人格的一部分。

在我必须回到台湾时，她终于还是选择了圣荷塞。我是具有父权的男人吗？我可以把自己的意志强加在她身上，迫她与我返回台湾吗？于我而言返乡时机是成熟的，我变得何其残忍，毅然把家留置在异域，使她失去了父亲。

在我失踪的那段空当儿，女儿想必是朝着她的世界奔去了吧。她的内心，她的思想，如何发生剧烈变化，我是看不见的。每当与她重聚，我总会在她的身上、她的语言里，发现我非常不熟悉的部分。

面对我时，女儿沉默居多。沉默得像一个深锁的秘密。我只能踮着脚尖绕着秘密的四周探寻、观察，这样一位少女对于我而言是一个谜。在她与我之间，是如何筑成一条宽长的鸿沟，已是无法追问的了。

也许是有了情感的寄托，或是有了思考的出路，她似乎不会再像从前那样，与我对谈一些无谓的话题。

在困惑的时候，我不免有些狂想。倘若她也走在台北的街头，身着高中制服，肩背书包，随着人群穿越十字路口。倘若她也像台湾的新新人类，白天应付考试，晚上飙车飙舞，我会不会也惴惴惶惶担心她会出错？我不在家的日子里，她已学会如何为自己下判断、做决定，更学会了如何规划自己的生活。当她静静阅读一本厚厚的小说时，我忍不住问她："在读什么，是言情小说吗？"她说："不是的，是有关原始人类的虚构小说。"她希望有一天变成一位古生物学家。

"什么是古生物学家？""那是研究化石、恐龙之类的学者。"她耐心地为我解释。我缺席的时光里，她已发展出属于她个人的兴趣，而那样的品位，已不是我能理解的了。

那天我坐在客厅，她说要出门赴约。是男友的约会？她点头称是。十七岁的女儿，刻意为自己化妆。淡淡的胭脂，轻施唇上。魔幻写实的技巧，恐怕也比不上她的干脆利落。转眼之间，她已变成一位陌生的少女。我是多么自私地想留住她，多么想与她讨论有关古生物学的问题。我拼凑不出任何理由请她留在家里。门铃已响，她的男友已在等待。我只能看她开门，看她从容跨出门槛。门重新关上，我仿佛失去了一位女儿。

女儿是那窗外的雾，是那一片我难以领会的雾，在雾深处的什么地方，一定有她的踪迹。她要游荡多久，要徘徊多远，都是我的未知。我错过了这一生许诺的信约，失去了许多无可挽回的时光。雾涌大地，涌来我从未理解的秘密。中年父亲的心情如我，撑起满窗的等待，咀嚼满屋的寂寞。

所有的鲜花都源于泥土

陈丹燕

一个阳光灿烂的早上，有人把一个孩子轻轻放在你的身边，你抱他起来，这是你第一次抱你自己的孩子，那个在你腹中住了九个月的人。这是个陌生的孩子，你觉得他不怎么好看，离电影里所看到的女主角生下来的孩子差得远了。他好像是肿着的，你真的不能相信这是你的孩子，可在他的手腕上你看到了一块小牌子，上面写着你的名字和他出生的时间、重量，它证明他是你的孩子。

你奇怪地思量着自己，好像你没有想象中的那种亲热之情，你抱着他，看着，像看一件听说已久的陌生的东西，那天你真的没有感觉到骨肉之情。孩子不停地哭着，别人告诉你，你得喂他奶，于是你学着喂他，他很用力，咬痛了你，你忍不住把他往外一推，就像从前做的一样。他哭起来，于是你又把他抱起来，这次，你懂了，得忍住痛，要不然他就吃不饱。你不去管他，他就会一直哭，他自己保护不了自己，需要你。后来，他吃饱了，就睡了。他还不懂得感谢，一点儿感谢的意思也没有，很心安理得地在你的怀里休息。

和你的孩子相处的第一天，你学到了一点，不管你心里在想什么，你都得为他去做他需要你做的事，没有谢谢。

此后的两年，你就是这么过的，去做一切孩子需要的事。当他深夜哭了起来，你就要马上起床为他换湿了的尿布，热好四十度左右的奶，不能更热，也不能太凉，去喂他。他在深夜里的哭声大得吓人，你手忙脚乱地做着事，一边安慰他说“来了，来了”，可他不停地哭。他只知道自己饿了，可是没有东西到他的嘴里来。然后你要抱着他，摇啊摇啊，一直到他再次睡着。可你不能摇得太快，否则孩子会把刚刚吃进去的奶全吐出来的。全世界都在安睡的深夜里，你的孩子突然把散发着酸味的奶吐在脖子上、衣服上、身上，不马上洗澡这孩子都不能碰了。于是，你马上关窗，放热水，打开屋顶大灯，找换洗衣服，为他洗澡。洗好了，干净了，他又饿了。一切重新来过：热好四十度左右的奶，去喂他。

当他解了大便，你得马上留意它的质地、颜色和气味，看有什么不同，有什么特别。绿色的，说明孩子着了凉；有白色小团，说明孩子对奶里的脂肪消化得不好，需要你把奶里的脂肪滤出一些……孩子他不会说话，需要你去留意猜测。从前你是多么害怕脏东西啊，有时候经过没有清理干净的垃圾箱，你会马上恶心反胃。可是现在，你总是小心认真地翻看孩子的大便，不敢有一点儿的大意。然后，六个月了，孩子从母体里带来的免疫力消失了，他开始生病。他第一次浑身滚烫地躺在那里，吓着了你，你把他严严地包裹起来，冲出家门，扑向医院，直闯到医生的面前。医生看了看你的孩子，马上说：“你要他抽筋啊，发高烧的孩子不可以把他包起来的。”说着，他马上从你手里接过孩子，把他放在桌子上，打开包被，脱了他的外衣。大冬天的，医生让你把只穿了内衣的孩子送到通风的地方去。你抱着滚烫的孩子去打退烧针，孩子哭哑了嗓子，你的心也抖成了一团。那是孩子第一次生病，直到他第四天早上退了烧，你才睡了一个安稳觉。

从此，只要孩子咳一声，你就会惊跳起来。你恨不得把病生在自己身上，也不要孩子再病了。可孩子就是这样会生病，第一天打了喷嚏，第三天流了鼻涕，第五天发烧。就是这样，小小的人儿成了药罐子。他总是向你哭，哭他的不舒服。

你想起了有经验的女人对你说的那句话：“你准备好去过两年暗无天日、水深火热的日子吧。”那是你带着婴儿回家，一切都还感觉新鲜，她来看望你的时候说的。这日子真的艰难，就是因为有了孩子，有了一颗担心孩子的心。

那一天，他洗了澡，干干净净的，也没有生病，精神很好，他的脸像被擦亮的新鲜苹果那样放着光。你远远地望着他，他像从前一样还是不会说话，但你发现自己已经是不可能没有这个孩子了，要是没有了他，你一定会伤心得也不想活下去了。然后，你才意识到，原来你那么深地爱上了你的孩子。那天你才知道，你对孩子的爱不是生来就有的，而是在那样水深火热地照顾零岁孩子的生活中慢慢培养起来的。你付出自己的辛苦照顾他，然后，爱上了他。这和男女之爱不同，男女因为爱而付出，然后产生了责任。一个女子对孩子的爱，是先有了责任，尔后是付出，然后才产生了爱，就像鲜花是开在泥土里的一样，爱是产生在全力的付出之中。男女的爱要是消失，就没有付出也没有责任了，而母子之爱，却会永恒，因为你总是在不停地付出着。

儿子的完美提案

冷蓝

一

我买菜的时候常常带上儿子。他不乖，像条我随时都寻不见的尾巴。菜场人多，杂乱，他却忘乎所以地跑到鱼池那里看鲤鱼，或是干脆躲到海鲜超市那里捡贝壳。

几次回头看不到他，心里便有无名火，总觉得生活太乱了，老总三番五次要求加班，金融危机时代人人自危，那么多人看着一个饭碗，不能拱手让给别人，必须努力做好自己的事；儿子的班主任发过几次短信，带着情绪指出儿子在学校里的缺点，很有点儿噎人的味道；还有物业费变相涨价，放在楼下的自行车莫名其妙地丢失，楼下邻居养的一条狗常常看到我就狂吠，吓我一跳……

这些不满总会归结在某一个点上爆发，比如现在，把儿子从卖泥鳅的摊位揪出来后，就劈头盖脸一顿责怪，儿子低着头不说话。卖鱼的倒是看不下去了，说道："大姐，这就是你的不对了，何必跟小孩子较劲呢。"

回到家，我余怒未消，检查儿子作业时，发现他又漏下了一篇作文没写，气呼呼地不想理他。他也不介意，一个人躲在屋里补作文，半小时后，作文写出来一部分，先拿给我看。老师布置的作文题目是：《我的奇妙想象》。不知道他从哪里看来的描述方式，在作文本上这样写着：她是个疯子，整天疯疯癫癫地在菜场跑来跑去，今天拿别人一点儿菜，明天又抢别人一头蒜，为此她的亲人伤透了脑筋，但是他们对她很好，尤其是她的儿子，是一个卖鱼人……

我没看第二页，"哗啦"一下把他的作文本扔到桌子上："你就这样写？"

他撇撇嘴没有说话。我翻出给他买的教辅读物，我指着那上面的例文说："看看别人的，好好反省一下自己。"没想到他叛逆，撇撇嘴说："假、大、空。"

二

老总对设计部的草稿极不满意，指出设计与他当初的意图简直就是背道而驰，在会议上将设计稿狠批了一通，然后严厉地说："像你们这种工作态度，五一假期都不能给你们放。"

整个设计部的人灰头土脸地回来，每个人的心情都不好。恰恰此时，我的手机来了短信，是老师发来的：家长你好，我们决定在这周举行一次家长会，时间是周四下午两点，希望大家不要迟到。

头疼的事纷至沓来。儿子的家长会上，我往往是最抬不起头来的一个。他的学习成绩不好，但是捣乱的事情一招比一招新鲜，老师很含蓄，批评某个同学从来不提名，但是家长们仿佛都知道是我，常常有人向我投来含笑的目光。

回家，我有些魂不守舍地上楼，没料到，突然一声狂吠吓到了我，还是楼下邻居的狗，若在往日，躲躲也就过去了，但是正在气头上的我，没好气地冲它大吼一声："滚！"一个尖厉的声音很快从屋里飘出来："让谁滚呢？"是女邻居。

等儿子到来时，我已经和女邻居吵在了一起。楼道本就不宽，加上三两个看热闹的人，我们在其中几乎脸对着脸地痛斥对方。很久，我才发现儿子怯怯地扯我的衣角，这才恨恨地上楼。

给远在外地学习的老公打电话。打着打着，我不由自主地哭了起来……

三

家长会照例是孩子的教育，家长的配合。说着说着，不知怎么，就转到了孩子的表现上来，班主任说："有时候，我们觉得自己是孩子的老师，殊不知他们有时也可以当我们的老师，下面是一篇作文，我给大家念念。"

我满脑子正在考虑设计稿的问题，但突然，就被一句话抓住了思绪。

"她的儿子是一个卖鱼人，脾气很不好。但是他可以用三轮车载着母亲，像哄小孩儿那样满菜场跑……”这么熟悉，竟然是儿子的作文。

老师声情并茂地朗读着。

“……我的设想就是在全国设立一个‘关心节’，就像是五一、十一那样，不管你年龄多大，只要你有父母，每一个孩子都必须在这个节日回到自己的父母身边，不许旅游，不许加班，不许做其他事情，只陪父母聊天、帮父母做事……

“我听到卖鱼人说过这样的话：‘别人说我母亲耽误了我做生意，可是，生意重要还是和母亲在一起重要？’我也想不出哪个重要，可是看着他脸上的笑容，我知道，母亲永远是最重要的……”

作文念完了，班主任静了两秒钟，继续说：“这篇作文在我们年级的老师中传阅了一遍，我们感谢刘小树同学，给我们匆忙的心注入了那么清亮的泉水。谢谢他。”

然后，就是满场的掌声，我坐在那里，第一次颇为自豪，但，也有小小的愧疚。

四

晚饭时，我突然不知道说什么好。儿子的话不多了，很乖地吃着饭，想起他的作文，我突然有些难过。

我给他夹了一筷子菜，说：“今天开家长会了。”他马上有些紧张，这是他家长会后的惯有表情。我却笑了，说了一句好久没说过的话：“儿子，你真行。”

然后，我就把老师的话原原本本地复制给他听，最后说：“那个卖鱼人，我还真的没注意到呢。”

儿子纠正：“不光有他，还有姥姥的电话。”

哦？我诧异。母亲何尝在电话里说过要求我回家了，电话里，她总是会说：“你工作忙，不用回来，家里没事，都挺好的。”

儿子撇撇嘴：“可是每一次，姥姥都会问我，什么时候回来啊？”

我突然觉得鼻子一酸，心底开始有些东西在慢慢翻涌。

五

设计部的稿子老板依旧不满意，但是他没有让我们五一节加班，反而在最后一次策划研讨会的后半部分，问大家五一节都有什么计划。素来严肃的老板提出这样的问题，所有的人都面面相觑，过了片刻，有同事说要旅游，有同事说要睡觉。

老板却长叹一口气，说：“都回家吧，回家看看父母，他们口口声声说路上挤，票不好买，工作忙就别回来了，其实他们也像孩子一样，人越老，就越小，却不能像孩子那样直接表达，作为父母，还要理解你们。”

同事们都没说话。老板笑了：“这次多放一天假，都回家看看父母，不准旅游，不准工作，不准睡觉，陪父母喝杯茶，聊聊天，看看电视，逛逛街。”

说完后，他得意地向我眨了下眼。因为一大早，我就跑到他的办公室，将儿子的作文完完整整地读给他听。他沉默了几秒钟，说：“这真是个完美提案。”

六

从周一开始，我退掉了午托部的费用，然后开始坐半小时公交车回家做饭给儿子吃。对于这个举动，他表现出了极大的热情，不仅配合我，还主动承担了一部分家务。我打电话给老公，说："咱们的儿子长大了。"

楼下邻居见了我，竟然和和气气地给了个微笑，说："上次的事，真对不起。"我回给她一个微笑："也怪我脾气暴躁，没关系。"心里有暖流在涌动。她接着说："你儿子真懂事，他说你胆小，说你脾气坏，说你其实是个好人。"我幸福地笑了。嗯，过完年，把父母接过来，他们喜欢运动，楼下的小广场有很多运动器械，有他们在那里，自行车也不怕丢了吧，这也是在一起的好处。

之前我忽略过很多东西，是儿子的完美提案，让我重新找回了它们。

以特别的方式得到一条小狗

〔美〕纳维尔　庞启帆编译

一天下午，纽约市的一位女商人索菲亚来向我进行法律咨询，从宾夕法尼亚州来看望她的孙子跟随她一起来到了我的办公室。在回答索菲亚的问题时，我向她详细解释了她在向自己的目标进取过程中所应遵循的法律，以及怎样利用法律来保护自己的正当利益。男孩儿静静地坐着，我向她的祖母解释时，他似乎正专注于一辆玩具卡车。

男孩儿和他的祖母准备离开时，他兴奋地看着我，说："我知道我想要什么，并且，现在我已经知道怎样去得到它。"我很惊讶，问他想要什么。他告诉我他想要一条小狗。听到男孩儿这么说，索菲亚有些生气，告诉男孩儿她已经很明确地再三说过，他不可能拥有一条小狗。因为他的父母不允许，男孩儿自己也还太小，完全不懂照顾小狗，尤其是，他的父亲非常憎恶小狗，他甚至讨厌邻居养狗。

但所有的这些并不影响男孩儿拥有一条小狗的热切愿望，他拒绝理解他的父亲为什么那么讨厌小狗。“现在我知道怎么做了。”他说。“你想怎么做？”索菲亚问。男孩儿笑而不答。索菲亚无奈地朝我耸了耸肩。

大约六个星期后，我再次见到了索菲亚，她告诉我，她的孙子渴望拥有一条小狗的愿望仍然非常强烈。他甚至已经开始练习与小狗相处的方法。许多个晚上，男孩儿想象一条小狗就躺在他的身边。在想象里，他轻轻地抚摸小狗的皮毛，和小狗一起玩耍，带小狗出去散步，这些事情已经占据了他的整个头脑。

又过了大约两个星期，男孩儿所在城市的一家报纸在“爱护动物周”期间，举行了一个“我为什么渴望拥有一条小狗”的征文比赛。在对所有参赛文章进行评判之后，结果揭晓了。几周前出现在我办公室的那个男孩儿打电话告诉我：“我现在是那个知道如何得到一条小狗的赢家。”男孩儿获得了此次征文比赛的一等奖。在颁奖仪式上，报社展示了男孩儿已在报纸上发表的故事和图片，男孩儿获得了一条漂亮的牧羊犬。

在小男孩儿获奖一个星期后，索菲亚再次来到了我的办公室。在讲述这件事时，索菲亚告诉我，如果男孩儿用父母给他的钱去买一条狗，他的父母肯定不允许，他们会用这些钱为男孩儿买债券；如果有人送一条小狗给男孩儿，他们会拒绝接受或者把它处理掉。但这个男孩儿得到一条小狗是通过一个戏剧性的方式：赢得全城作文大赛的一等奖，故事和图片被刊登在报纸上，给父母带来了骄傲和愉悦。所有的这一切结合起来改变了他父母的想法，他们做了他们曾认为永远不可能的事——允许他留下那条小狗。

“纳维尔先生，他从你那里得到了启示，他以一种合乎法律的方式得到了他想要的小狗。当然，这种方式很特别。”说完，这位祖母骄傲地笑了。

遇见世界上最好的爱

刘继荣

请你一定相信，遇见了孩子就是遇见了世上最好的爱。

大学时的好友假期出游，顺路来看我，就在家中住了几天。正遇上老公出差，孩子感冒，我忙得不可开交。几天下来，她感慨道：“看见你这样忙忙碌碌、身不由己，我是绝不敢要孩子了。”

我一愣：“你都看见什么了？”她同情地说：“看见你一日三餐洗煮烧煎，比保姆还辛苦；看见你栉风沐雨，又接送孩子上学，又忙工作，几乎变成机器人；看见你凌晨两点还不能安歇，要给孩子喂药喂水，像个苦役犯；还看见你的皱纹与眼袋，看见你无穷无尽的付出。”

她叹息：“女人最好的年华就这样交付掉了，人生还有什么乐趣。

你看我，工作时无忧无虑，出游时无牵无挂，多好。”我笑了，对她说：“你什么都看见了，可唯独没有看见我的快乐和幸福。”她瞪大眼睛，惊讶地看着我，半开玩笑地说：“你不是在自欺欺人吧？”

我告诉她，儿子刚上幼儿园，第一次吃鸡翅时，才两岁半的他，将鸡翅藏在白衬衣的袖子里，晚上带回来要与我分吃。我至今记得，他津津有味地吸吮那半截鸡骨头的馋相。每每想起他衣袖上留下的那片鹅黄色油渍，我心里就会有一片淡淡的温暖。朋友若有所思，脸上不再是戏谑的表情。

我告诉她，走在路上，儿子像个小小男子汉，懂得让我走在他的右边。他说：“妈妈是近视眼，我是千里眼，我来保护你！”过马路的时候，他会冲着车流大喊：“你们通通快让开，我妈妈要过马路了！”仿佛我是至尊至贵的女王，所有人都得谦恭礼让。母亲，就是孩子心灵国度里最值得敬爱的女王。朋友爽朗地笑起来，她说：“好羡慕你，女王陛下。”

我告诉她，去年五月的一个中午，儿子很晚还没回来。在外环路上，我找到了他。这一路，槐花开得纯白如雪，幽香扑鼻，儿子正专心致志地往树干上写字，一棵一棵地。他对我说：“今天是母亲节，我没能买到康乃馨，就来到了这里。”花开得那么好，却有人采摘，儿子就用水彩笔写下了这些稚拙的留言：“这是我送给妈妈的花，请让它好好地开，不要摘。”望着这一路盛开的槐花，我知道，这是最好的母亲节礼物。牵着孩子的手，我感觉自己是世界上最幸福的人。听到这里，朋友的眼神变得柔和起来。

我告诉她，就在前天，我和儿子一起去医院验血。当医生宣布儿子和我是相同血型的时候，他一下子欢呼起来：“太好了，如果以后妈妈生病需要输血，就可以抽我的了！”旁边验血的人，还有医生，都感动地说：“有个这样的孩子，真好。”我平静地陈述完这些片段，朋友的眼睛却在刹那间湿润了。

我对朋友说：“你没有看到，我在辛苦的同时享受到多少甜蜜，你也无法感受，我生命中最深的温暖。但请你一定相信，遇见了孩子，就是遇见了世上最好的爱。”朋友郑重地点了点头，露出了赞同的微笑。

家，是一页一页翻过去的琐碎的日子

不能遗忘的餐芳往事

刘净植

家里两年前种的那株玉兰终于在今春开了花，粉紫的花朵开得非常旺盛，大朵大朵的，花瓣晶莹肥厚，在春日的阳光下格外诱惑人的眼睛。我忙回头去问奶奶和姑姑："这花瓣吃得吗？"姑姑笑了："这个怕不行，是叫辛夷吧？是中医里可以入药的那种。"

奶奶说："原来我们家里吃的那个，叫白翰林。"

如今住在都市里的人们，在逼仄的楼房间养出一两株花殊为不易，光顾着清心养眼都嫌不够，要说吃，犹如焚琴煮鹤一般煞风景。然而自古以来，在我们祖先传统的生活中，"餐芳饮露"不仅是诗人自喻高洁的一种方式，伴随着季节的更替，在自家的花园或庭院中采撷时令的花朵入馔，更是日常生活中最自然不过的事情。清代顾仲的《养小录》中“餐芳谱”一节，便十分家常地记录下二十多种鲜花的食用方法。

在鲜花盛开的季节于唇齿间品尝芬芳，似乎在今天已成为一种遥远而奢侈的想象。但在我童年记忆中的故乡，家家都有自己的小花园，四季离不开娇艳芳香的花朵陪伴，“餐芳”便成为故乡的饮食生活中最寻常自然又优美惬意的一部分。

奶奶的娘家，有一株高高的白玉兰树。每年春天，远远就能看见那一树白鸽子一样的花朵，嗅得到沁人心脾的清香，那就是奶奶所说的“白翰林”。白色的玉兰花开得硕大，花瓣肥厚饱满。早晨摘下几朵，用鸡蛋、面粉调的面糊拖过，在油锅里一炸，金黄金黄的，捞上来，吃在嘴里脆生生的，又香又甜。

外婆家没有白翰林，却有牡丹。遇上家里打牙祭，炖了鸡汤或是汆了肉片汤，在春天的花园里信手摘下几朵正开得娇艳的牡丹，花瓣洗净了放在炉旁锅边，就是一道粉嫩的时鲜涮菜。用筷子夹起花瓣在滚开的肉汤里边涮边吃，眼中是美丽的颜色，口里是满足的鲜香。

同样称得肉汤最佳搭档的是新鲜的南瓜花。南瓜花有雌雄之分，雌花留着结瓜，雄花授完粉之后便上得餐桌了。嫩黄嫩黄的时候摘下，整朵整朵地放进肉汤里，仿佛把春天的滋味也煮到了汤里，吃起来分外地清爽。若是将花朵和肉片同炒，或干脆清炒了吃，味道也是一流。

整朵入馔的还有萱草的花朵，我老家叫它金针花。每到初夏的傍晚，正是后院里萱草开花的最佳时光，橘红色的花朵跟火焰一样，烧得直耀人眼。到了早晨，奶奶会摘下一两朵开到盛处的花儿，用细细的竹条从花柄处把它们串起来，两三天便串出一个橘红色的小花环，挂在火炉上方的高处晾干。从夏天一直到秋天，黑黑的屋梁下总是挂着几串火红的花环。每到奶奶取下那花环，把如同风干的火焰般的花朵撸到大碗里用开水泡软时，我们就知道有美餐了——鲜艳的金针花一定是放在鲜香的肉汤里煨煮的，大朵大朵的，有如初放，让人有说不出的愉快。

到了秋天，我们有可以清心、明目、去火的菊花。屋后的花台下有一蓬小菊，秋风渐起，小白花朵开得密密的，霜降之后花儿会从雪白变成粉紫，风儿一吹，清新怡人的香气在屋前的院子口都闻得到。待到早晨，奶奶和姑姑会把小花朵摘下来，放在蒸锅里轻轻蒸一下，然后晾干。花朵干了以后，清新的菊花茶便随时可泡饮了。姑姑说，把花朵蒸一下再晾干，花瓣就不容易脆碎，茶水泡开之后又会是一朵朵完整的花儿绽放在水中，那多好看啊！把鲜花稍稍蒸过再阴干，这是故乡存制干花保持花形的一种方法。

小菊入茶，大菊则更有吃法。说不清楚故乡的菊花有多少种，我只记得五彩缤纷的菊花开得丝丝缕缕的。把各色繁茂的花朵摘下，那花瓣便可以用来做菊花豆腐。头天晚上先泡好黄豆，用家里的石磨磨好豆浆，在锅里烧开豆浆，把洗净的新鲜花瓣放入，再用酸汤（当地用青菜发酵制作出的酸菜的汤汁）一点，豆浆便开始凝固。这时候故乡的人们通常会用筲箕（一种竹编的、日常用来盛放蔬菜的扁形容器）在豆腐上一遍遍按压，让它可以尽快紧实成形。当锅里的汤水变得清澈时，菊花豆腐也就做好了。用刀直接把豆腐在锅里切成方块，就可以盛出来吃了。夹起一坨嵌着菊花花瓣的豆腐，蘸一蘸自制的肉末豆豉辣椒蘸料，放入口中，那滋味令人难忘！吃完，还要喝上一碗颜色清亮的菊花豆腐汤，那种清甜甘美，没尝过的人怎么会知道呢？

不过，每年的“餐芳”，在我记忆中最美好也最有仪式感的莫过于玫瑰开花的时节。可别告诉我都市花店里卖几块钱一支的那个叫玫瑰，那其实不过是与蔷薇、玫瑰杂交过的月季花。真正的玫瑰花花形没那么大，花瓣细碎得多，裹得也没那么紧、那么好看，叶片也小，茎上的刺密密匝匝的，但是花儿芬芳扑鼻，甜香醉人。

不记得是哪一年了，大表姐牵线，从别人家给我们后园里挖来一丛玫瑰，刺蓬蓬的真扎人。可到了开花时节，那满枝的芳香羡煞了一条街的人。待到一片瑰色铺满枝头时，挑一个晴天的早晨，在花瓣上的露水干透之后的八九点钟，奶奶和姑姑会把一朵朵的玫瑰花儿摘下，兜在围裙里拿进屋。屋里的大桌子上早就铺好了干净的草纸，她们一边轻轻地抖动花朵，一边把繁复的花瓣扯落下来，一层层地铺在草纸上。如丝绸般的玫瑰花瓣在她们的指尖跳动着，醉人的甜香也随着这动作满屋地舞蹈。然后，她们会让它们静置上一两个小时。花瓣底下可不是安静的，慢慢地，就会看见有针尖大的小虫子爬出来——小时候的我总是被禁止用鼻子凑上去嗅花，长辈们总会指着玫瑰花瓣下这微小的虫子恐吓：“小心被咬成烂鼻子！”

小虫子爬光了，花瓣就晾好了。奶奶照例会拿出那个专门买来的、没上过釉的粗瓷碗，还有一支玻璃捣棒——那原来是爷爷的镇纸，摔断了，正好拿来研磨玫瑰糖。对了，那么香甜的玫瑰花，最适合做玫瑰糖。先在粗粝的碗底放上白砂糖，然后把玫瑰花瓣放进来，用玻璃捣棒把它们和糖研磨在一起。很快，新鲜的玫瑰花汁溅出来了，白糖被花汁溶化了，又香又甜的玫瑰花糖蜜制成了。研得越细，糖蜜越稠。把研好的糖蜜放到洗干净的玻璃瓶里，再接着来。就这样一点一点地慢慢磨，一天下来，可以得到不及茶杯大的小小一瓶。每年，大概家里能做上个三四瓶玫瑰糖，送了极亲近的亲友，自家就靠着那一两瓶封存的宝贝蜜糖，享用一年。

我无法形容那玫瑰糖有多么甘美芳香，只知道四季要吃的各种甜品，无论是冬天的汤圆馅、夏天的甜汤凉饮、秋天的月饼心子，还是宴席上必需的那道甜点，只要放上一点点自制的玫瑰糖点睛，那滋味便芬芳无比。而且即便是存了一年，那糖的颜色还是花瓣的颜色，加在甜品中，能看见淡淡的瑰色。我们家的玫瑰糖，也因此十分出名。玫瑰不是我家独有，也有人家做了玫瑰糖来吃的。可是我在别处吃到的玫瑰糖，不是颜色黑紫不及我家里的鲜艳好看，便是玫瑰的花瓣有一股涩涩的味道。奶奶和姑姑笑道："他们不知道玫瑰花瓣不能沾铁器和石器，沾铁杵会变黑，用石臼舂出来味道也不好。"所以，家里才会用粗瓷碗，用玻璃杵。而且，像奶奶和姑姑那样的巧手细工，也不是一时能学得好的吧。

另外，如果那花瓣不做蜜糖，也可以直接晾干了来泡茶喝。但是，加了玫瑰花瓣的茶叶，哪抵得上用花露浸润出来的玫瑰茶香呢？奶奶从不把花瓣晾干了泡茶，她娘家的长辈们教给她一个好法子：待到玫瑰怒放的傍晚，用干净的白布缝个小袋子，把茶叶装进去，然后敞开袋口，把茶叶袋挂到玫瑰花的下面。第二天早上把袋子收回来，玫瑰花的露水已经深深浸透了茶叶。这样制成的玫瑰茶，威力是在冲泡开来之后，满室的芬芳，满口的甜香，那样的惬意仿佛神仙。

然而，那样的惬意如今却只能在我的想象中不断回味了。

随着故乡急急忙忙用水泥楼房和机动车追赶着现代化的步伐，随着举家迁往都市的改变，原来房前屋后的自家花园没有了，四季常伴的繁茂花木不见了，玫瑰的甜香越来越远离我的生活，唇齿间花儿的芬芳也在记忆中变得遥远。曾经以为稀松平常的生活和饮食习惯，待到它已经远离的时候才惊觉美好。也正是因为这样的习惯曾经那么家常，在它不知不觉地远离的时候，人们才不能立刻意识到珍贵！

在我的身边就这样无声地流逝的传统，又何止是故乡令人沉醉的餐芳往事呢？如今我只能在记忆中一遍遍去温习：我们曾经有那样开满鲜花的缤纷庭院，随手可以摘几朵喜欢的大丽花插在屋里的花瓶中，别一朵晚香玉在衣襟上添一点儿香气，闲聊着明天的早餐大概可以炸面拖玉兰或是花椒尖，百合该到什么时候吃得了……香气袭人的玫瑰花枝下，有小小的白色影子或明或暗地张望，那是奶奶的白布茶包醉染馨香，随着入夜的清风，在那里轻轻地晃啊晃！

小扣柴扉

宋利萍

一

老家的小院依旧是柴门。

这还是父亲年轻时的杰作，每根粗大棍都被磨得光滑闪亮。跨上台阶，那种温热的情感便在血管里奔涌。我跟母亲商量：“柴门看着有些寒酸了，咱也修个大门楼吧。”母亲淡淡地说：“一个人住，不用弄那形式，又费钱又压抑，哪有柴门敞亮啊！”

二

夜幕降临，父亲吃酒回来，脸红扑扑的，眯着眼，开怀大笑，歪歪斜斜地穿过梨花盛开的小径。

夜已深，柴门外的喊声划破夜色："二先生……"

父亲立刻离开温热的被窝，背上药箱出诊。赶上风雪交加，好一个"柴门闻犬吠，风雪夜归人"！

柴门浅挂，客人不约而来。

久呼不开，正自惆怅，却见几枝红杏妖娆地斜伸出墙外，让人怦然心动，便坐在台阶上等候。有客人晚走，"相送柴门月色下"，残酒冷香，又是一番景致了。

三

柴门犹在。

一树梨花连同父亲略带醉意的笑容，都早已化为春泥。门前高耸的白杨树也陪伴父亲去了，留下偌大的木墩。母亲便常常坐在这里独念着旧事，守望着黄昏，候着孩子们突然从河坝上走来，乐得皱纹都开了。

我们曾接母亲去住，她却总惦记着洒满阳光的老屋、树荫下一同打牌纳鞋垫的邻居、她的菜园子、她的小猫和鸡鸭，还有每周一天热闹非凡的乡村集市，终又回到村居。推开熟悉的柴门，满院蒿草疯狂凌乱，只有那枝红杏还撩人地横出石墙。母亲心疼地抚着柴门，说再也不走了。

我常常回去，同母亲坐在柴门前的木墩子上说话，摘些紫红的凤仙花，轻轻捣碎，染着指甲……

我们看菊花去

白先勇

一

早上有点儿阴寒，从被窝里伸出手来觉得冰凉的；纱窗外朦朦胧胧，是一片暗灰色，乍看起来晨光还早得很。我翻了个身，刚想闭上眼睛养会儿神，爸爸已经来叫我了。他说姐姐的住院手续已全部办妥，林大夫跟他约好了十点钟在台大医院见面，但是他临时有个会要开，恐怕赶不回来，所以叫我先送姐姐去。

我到姐姐房中时，妈正低着头替姐姐收拾衣服用具。她看见我走进来便问道："爸爸跟你讲过了吧？"

“讲过了，妈。”

妈仍旧低着头继续收拾东西，我坐在床边没有说话，默默地看着她把姐姐的衣服一件一件从柜子里拿出来，然后叠得平平的放进姐姐的小皮箱中，房里很静，只有妈抖衣服的窸窣声。我偷偷端详了一下妈的脸，她的脸色苍白，眼皮似乎还有些浮肿。

“妈，你今天起得那么早，这会儿该有点儿累了，去歇歇好吗？”我看妈弯着腰的样子很疲倦，站起来想去帮她叠衣服。妈朝我摆了摆手，仍然没有抬起头来，我看见她手中拿着的那件红毛衣上闪着两颗大大的泪珠。

二

我家院子本来就冷清，在这十月天显得愈加萧条。几株扶桑的枝条上东一个西一个尽挂着虫茧，有几个花苞才伸头就给毛虫咬死了，紫浆淌了出来，好像伤兵流的瘀血；原来小径的两旁刚种了两排杜鹃，哪晓得上月一阵台风，全倒了——萎缩得如同发育不全的老姑娘，明年也未必能开花。姐姐坐在小径尽头的石头堆上，怀中抱着她那只胖猫咪，叽叽咕咕不知对猫咪讲些什么。她看见我走过去，瞪着眼睛凝视我了一会儿，忽然咧开嘴笑得像个小孩儿似的：“嘻嘻，弟弟，我才和咪咪说，叫它乖些，我等一下给它弄条鱼吃。喔，弟弟，昨晚好冷，吓得我要死！我把咪咪放到被窝里了，被窝里好暖和的，地板冷，咪咪要冻坏，嘻嘻——咪咪不听话，在被窝里乱舔我的脸，后来又溜了出来。你看，咪咪，你打喷嚏了吧？听话，等一下我给你鱼吃——”姐姐在猫咪的鼻尖上吻了一下，猫咪抖了抖毛，舒舒服服地打了一个呼噜。

姐姐的大衣纽扣扣错了，身上东扯西拉的，显得愈加臃肿；袖子也没有扯好，里面的毛衣伸出一截来。头上的发夹忘记取下来了，有两三个吊在耳根子后面，一讲话就甩呀甩的，头发也是乱蓬蓬的，一束一束绞缠在一起。

三轮车已经在门外等了很久，我心中一直盘算着如何让姐姐上车而不起疑心。我忽然想到新公园这两天有菊花展览，就在台大医院对面。

“菊花展览？呃——去是想去，不过咪咪还没吃饭，我想我还是不去了吧。”

“不要紧，姐姐，我们一会儿就回来，回来给咪咪买两条鱼吃，好不好？”

“真的？”姐姐喜得抓住我的衣角笑起来，“你答应了的哦，弟弟，两条鱼！咪咪，你听到没有？”

我帮姐姐把衣服、头发整了一下，才挽着她上车。姐姐本来想把猫咪一块儿带去的，我坚持不肯，姐姐才难过地放下猫咪对我说：“咪咪好可怜的，没有我它会哭的，你看，弟弟，它真的想哭了——咪咪，噢，我马上就回来，买鱼回来给你吃。”

车子走了，我看见妈站在大门背后，嘴上捂着一条手帕。

三

姐姐紧紧地挽着我，我靠着姐姐胖胖的手臂，十分暖和。姐姐很久没有上街了，看见街上热闹的情形非常兴奋，睁大眼睛像个刚进城的小孩儿一般。

“弟弟，记得以前我们在桂林上小学时也是坐三轮车去的。”姐姐对小时候的事情记得最清楚。

“弟弟，你那时——呃，八岁吧？”

“七岁，姐。”

“哦，现在呢？”

“十八了。”

“哦！嘻嘻，弟弟，那时我们爱一道荡秋千，有一次，你跌了下来……”

“把下巴跌肿了，是不是，姐？”

“对啦！吓得我要死，你想哭……”

“你叫我不要哭，你说男孩子哭不得的，是吗？”

“对啦！那时立立和见见还在，它们也是姐弟。”

“嗯。”

“见见是给车压扁了，立立后来是怎么着——”

“是生肺炎死的，姐。”

“对啦，我哭了好久呢，后来我们帮它们在岩洞口挖了两个坟，还树了碑呢！从那以后我再也不养狗了。”

姐姐想到立立和见见，神情有点儿悲伤。沉默了一会儿，她又想到别的事情上去了。

“弟弟，那时我们爱种南瓜，天天放学到别人家马棚里去偷马粪回来施肥。噢，那一年我们的南瓜有一个好大好大，多少斤，弟？”

“三十多斤呢，姐。”

“哦，我记得，我们把那个大南瓜拿到乡下给奶奶时，奶奶笑得合不拢嘴，赏了我们好多山楂饼和荸荠呢。奶奶最爱叫我什么来着，弟弟，你还记得不？”

我怎么会不记得？奶奶最爱叫姐姐“苹果妹”了。姐姐从小就长得周身浑圆，胖嘟嘟的两个腮红透了，两只眼睛活像小玩具熊一样圆得俏皮，奶奶一看见她就揪住她的胖腮帮子吻上半天。

现在，她仍旧天真得跟小时候一样，所不同的是她以前那张红红的“苹果脸”现在已经变得蜡黄了，好像给虫蛀过，有点儿浮肿，一戳就要瘪下去一样；眼睛也变了，凝滞无光，像死了四五天的金鱼的眼。

“哈，弟弟，奶奶后来怎么着了？我好像很久很久没有看见她了……”愈是后来的事情，姐姐的记忆愈是模糊。

“奶奶不是老早过世了吗？”这个问题她已经问过我好多次了。

“奶奶过世了？什么时候过世的？我怎么不知道？”

“那时你还在国外念书，姐。”

姐姐的脸色突然变了，好像有什么东西刺了她一下，眼睛里显出惶恐，嘴唇颤动了一会儿，嗫嚅着说道：

“弟——我怕，一个人在漆黑的宿舍里，我溜了出来，后来——后来跌到沟里去，又给他们抓了回去。他们把我关到一个小房间里，说我是疯子，我说我不是疯子，他们不信，他们要关我，我怕极了。弟，我想你们得很，我没有办法，我只会哭，天天吵着要回来——我说家里人不会关我的……”姐姐挽得我更紧了，好像非常依赖我似的。

我的脸热了起来，手心有点儿发汗。

四

早上十点钟是台大医院最热闹的当儿，求诊的、出院的进出不停……当车子停在医院门口时，姐姐悄悄地问我："弟，我们不是去看菊花吗？来这里——"

姐姐瞪着我，往医院里指了指。我马上说："哦，是的，姐姐，我们先去看一位朋友，然后就去看菊花。"

姐姐点了点头，没有作声，挽着我走了进去。里面比外面暖多了，有点儿燠闷，一股冲鼻的气味儿刺得人不太舒服。走廊和候诊室里坐满了病人，一个挨着一个在等待叫号，一有人走过，大家就不约而同地扫上一眼。我挽着姐姐走过时，恨不得三步当两步跨过去，因为每一道目光扫过来时，我就得低一下头，可是姐姐的步子却愈来愈迟缓了。

"弟，我想我们还是回去吧。"

"为什么，姐？"我的心怦然一跳。

"弟，这个地方不好，这些人——呃，我要回去了。"

我连忙放低了声音温和地对姐姐说："姐，你不是要去看菊花吗？我们去看看朋友然后马上就——"

"不！我要回去了。"姐姐咬住下唇执拗地说。这种情形小时候也有，那时我总迁就她，可是今天我不能了。

"我要回去嘛！"姐姐忽然提高了声音，引得所有的病人一起朝我们看过来，几十道目光逼得我十分尴尬。

"姐——"我乞求地叫着她，姐姐不管，仍旧往回挣扎，她胖胖的身躯左一扭右一扭，我几乎不能抓牢她了。走廊上的人都围了过来，有几个人嘻嘻哈哈笑出了声，我的脸如同被烙铁烙下，热得发疼。

“姐——”姐姐猛一拉，我脚下没有站稳，整个人扑到她身上去了，四周即刻爆起了一阵笑声。几乎就在同一刻，我急得不知怎的在姐姐的臂上狠劲捏了一把，姐姐疼得叫了一声“哎哟”就停止了挣扎，渐渐恢复了平静，可是她圆肿的脸却扭曲得厉害。

“怎么了，姐？”我嗫嚅着问她。

“弟，你把我捏疼了。”姐姐撸起袖子，圆圆的臂上露出了一块紫红的瘀痕。

五

到林大夫的诊室要走很长一段路，门口有一扇大铁栅，和监狱里的一样。守门的人让我们进去以后，马上又上了铁锁。我一面走一面装作十分轻松的样子，与姐姐谈些我们小时候的趣事，她慢慢地又开心起来了。过道的尽头有块牌子，写着“精神科”三个大字。

林大夫见我们来了，很和蔼地跟我们打了招呼，姐姐笑嘻嘻地说道：“弟弟要带我去看菊花。”一会儿，姐姐背后来了两个护士，我知道这是我们分手的时候了。我挽着姐姐走向里面那扇铁栅，两个护士跟在我们后面，姐姐紧紧地挽着我，脸上带着一丝微笑——就如同我们小时候放学手挽着手回家那样。走到铁栅门口时，两个护士便上来把姐姐接了过去，姐姐喃喃地叫了我一声“弟弟”，还没来得及讲别的话，铁栅已经“咔嚓”一声上了锁，把姐姐和我隔在了两边。姐姐这时才忽然明白了什么似的，马上转身一只手紧抓着铁栅，一只手伸到铁栅外想来挽我，同时放声哭了起来：“你说带我来看菊花的，怎么——弟——”

六

紫衣、飞仙、醉月、大白菊——唔，好香，我凑近那朵沾满了露水的大白菊猛吸了一口，一缕冷香，沁凉沁凉的，闻了心里头舒服多了。外面下雨了，新公园里的游人零零落落的，我心想：要是——要是姐姐此刻能够和我一道来看看这些碗大的菊花，她不知会乐成什么样儿。

我有点儿怕回去了——我怕姐姐的咪咪真的会哭起来。

一封没有地址的信

〔美〕南希·加文　李有观编译

我家的圣诞树上挂着一只空白的信封，上面既没有收信人的地址，也没有寄件人的签名。它挂在那里已经十多年了。

这件事应从我丈夫迈克讨厌圣诞节说起。其实他并不是讨厌圣诞节本身，而是他认为圣诞节被过度商业化了。人们尽情地花钱，疯狂地买礼物，把其他事都抛到了一边。由于丈夫有这种感受，所以有一年圣诞节，我决定打破传统，为他准备一份特别的礼物。

那年我们的儿子凯文十二岁。在圣诞节前夕，他的学校组织了一场非正式摔跤比赛，对手是当地教会资助的一支队伍，其成员大多是贫困家庭的孩子。

我们一家人都来到赛场观看比赛，看到对方选手穿着破旧的运动鞋，而与之形成鲜明对比的是儿子及他的队友，他们身穿金蓝相间的制服，脚上是崭新的摔跤鞋，显得格外耀眼。

比赛开始了，我发现对方选手没有戴专用头盔，只用一顶薄薄的帽子保护着耳朵。毫无疑问，我儿子的队伍以绝对优势获胜，并取得了所有级别的冠军。

坐在我旁边的丈夫叹气道："我真希望他们当中有人会赢。其实他们的一些选手很有潜力，但就这样输掉了比赛，等于输掉了他们的信心。"

迈克曾带过小型的橄榄球队、棒球队和曲棍球队，所以对孩子非常了解。而我的灵感也由此产生。

当天下午，我购买了一些摔跤专用的头盔和鞋子，并以匿名的方式送给了本市的教会。

在那个圣诞节的夜里，我把一只信封挂在圣诞树上，里面写着我做的那件事，并告诉迈克，这是我送给他的圣诞礼物。迈克开心地笑了，他的笑容为圣诞节增添了光彩。

以后每年的圣诞节，我都继续着这个传统。我曾送给弱智儿童一套曲棍球装备，也曾送给一对老年兄弟一张支票，因为他们的房子在圣诞节前一周被大火烧毁了。

在我们家，拆信是圣诞节的重要活动。圣诞节的早晨，那封信总是我们最后拆开的礼物。孩子们站在一旁，睁着大大的眼睛，满怀希望地看着父亲从圣诞树上取下信封，然后拆开，一起阅读里面的内容。一年又一年，孩子们慢慢长大，但挂在圣诞树上的那只信封从未失去它的吸引力。

这一年，我们失去了迈克，他因患癌症而去世。圣诞节如期而至，我沉浸在失去丈夫的悲痛之中。但在平安夜，我仍把一只信封挂在圣诞树上。第二天早上，我发现有三四只信封挂在圣诞树上。这些信是孩子们挂上去的，他们把自己做的善事写在信里，献给他们的父亲。

这个传统还在延续，并且会被我们的子孙后代传得更远。到时，他们也一样会睁着大大的眼睛，满怀希望地等待着他们的父亲从树上取下信封。

爱只是一根线

高敏生

有时候，我真的怀疑父母之间是否有真爱。他们天天忙于赚钱，为我和弟弟支付学费。他们从未像我在书中读到，或在电视中看到的那样互诉衷肠。他们认为“我爱你”太奢侈，很难说出口，更不用说在情人节送花这样的事了。我父亲的脾气非常坏。经过一天的劳累之后，他经常会发脾气。

一天，母亲正在缝被子，我静静地坐在她旁边看着她。

过了一会儿，我说：“妈妈，我想问你一个问题。”

“什么问题？”她一边继续缝着，一边回答道。

我低声地问道：“你和爸爸之间有没有爱情啊？”

母亲突然停下了手中的活，满眼诧异地抬起头。她没有立即作答。

然后低下头，继续缝被子。

我担心伤害了她。我非常尴尬，不知道该怎么办。不过，后来我听见母亲说："苏珊，看看这些线。有时候，你能看得见，但是大多数都隐藏在被子里。这些线使被子坚固耐用。如果生活就像一床被子，那么爱就是其中的线。你不可能随时随地看到它，但是它却实实在在地存在着。爱是内在的。"

我仔细地听着，却无法明白她的话，直到第二年的春天。那时候，我父亲得了重病，母亲在医院里待了一个月。他们从医院回来的时候，都显得非常苍白，就像都得了一场重病一样。

他们回来之后，每天的清晨或黄昏，母亲都会搀扶着父亲在乡村的小路上漫步。父亲从未如此温和过。他们就像是天作之合。在小路旁边，有许多美丽的野花、绿草和树木。阳光穿过树叶的缝隙，温柔地照射在地面上。这一切形成了一幅世间最美好的画面。

医生说父亲将在两个月后康复。但是两个月之后，他仍然无法独立行走。我们都很为他担心。

有一天，我问他："爸爸，你感觉怎么样？"

他温和地说："苏珊，不用为我担心。跟你说吧，我喜欢与你妈妈一块儿散步的感觉。我喜欢这种生活。"从他的眼神里，我看得出他对母亲的爱之深刻。

我曾经认为爱情就是鲜花、礼物和甜蜜的亲吻。但是从那一刻起，我明白了，爱情就像是生活中被子里的一根线。爱情就在里面，使生活变得坚固而温暖。

站牌下的约定

孙道荣

西湖往南，一路景区。有一个公交车站，叫九溪。每天一早，这个公交站牌下，就会站满了人：赶着上班的，背着书包上学的，转车去景区看风景的。

一辆公交车来了，一辆公交车开走了。

早晨的阳光，淡淡地将树梢点亮。

不知道从哪一天开始，站牌下出现了一对母女。女孩儿手里捧着一本书，妈妈弯下腰，手指着书，一行行教女孩儿读。妈妈偶尔会抬起头，看看公交车来的方向。

春寒料峭，女孩儿的双手和小脸都冻得红红的。女孩儿的读书声清脆、响亮，细听听，还有一点点颤音。

候车的人纷纷侧目，好奇地注视着这对母女：妈妈连等车的时间都不放过，教孩子拼音识字。这个母亲可真够操劳、真够费心的。

一辆开往郊区的公交车驶进站了，妈妈匆匆交代女孩儿几句就跑向公交车。妈妈跳上了车，女孩儿捧着书，看着车门关上，目送公交车开远，才捧着书走开。

每天早晨都是这样。

奇怪的是，有时候是妈妈先到公交车站，有时候却是女孩儿先到。遇到天气不好，妈妈就会领着孩子到车站边的一家单位的门廊下，教孩子读书。一天也没有间断过。

有一天，终于有位候车的乘客忍不住，走过去问妈妈："你女儿学习真用功，几岁了？"

妈妈抬起头，摇了摇说："她不是我女儿。"

"那你们是……"

"妈妈"说："我也是等公交车的。她是附近一个环卫工的女儿，我见她没上学，经常一个人在车站附近孤单地游荡，我就想，能帮她一点儿是一点儿。所以，我就和她约定，每天我早一点来等车，教她十几分钟。"

原来是这样。

说完，"妈妈"走到一边，继续教孩子。那天，教的课文是《春天来了》："春天像个害羞的小姑娘，遮遮掩掩，躲躲藏藏。我们仔细地找啊，找啊。小草从地下探出头来，那是春天的眉毛吧？早开的野花一朵两朵，那是春天的眼睛吧……"

那位乘客偷偷地用手机拍了几张照片，寄给了报社。

报社进行了跟踪报道。记者很快了解到，女孩儿叫花花。花花在老家已经读过一年级了，今年春节过后，在杭州做环卫工的父母，将花花从老家接了过来，却一直没联系上学校。花花每天孤单地跟着父母去扫马路，遇到了等公交车的“妈妈”，于是，便有了这个公交站牌下的约定。

花花和公交站牌下“妈妈”的故事，感动了杭州城的人。热心的人们四处奔波，为花花联系学校。很快，花花的学校落实了下来。花花也可以像别的孩子一样，每天背着书包，去宽敞明亮的教室读书了。

而那位公交车站的“妈妈”，记者根据其本人的意愿，没有透露太多她的信息。人们只知道，她是一位普通的职员，也是一位普通的母亲。她的孩子正在读中学。她给记者发了一条短信：“不要把笔墨放在我这里，好心人很多，谁都会去做的。”

如歌

迪尔

你说你初次见我时，我正被医生滑稽地倒提着，睁着眼睛四处张望，贼兮兮的。

于是你忍不住“扑哧”一声笑了，我却“哇”的一声哭了。

然后你就知道，从此以后，你的一生就要栽在我手上了。

一

很小的时候，你喜欢抱着我唱歌，看天上温润如水的月亮。那时你还是个有才情的女子，善良而隐忍。你的嗓音一向都是沙沙的，唱起歌来却很好听。那些咿咿呀呀轻声哼唱的调子现在我大都已不记得，不过我知道，从那以后我便再也听不到那么好听的歌了。

你和他时常吵架，吵得很厉害。我常常能看到你身上的伤，然后心疼得不能自已。这种刀光剑影的日子以及生活里的琐碎最终把你摧残成了一个现实的女人。柴米油盐酱醋茶，百味的日子把你泡烂了、泡透了，把我童年记忆里那些咿咿呀呀的调子泡得发霉了、腐烂了。于是那个诗一般的女子从此从我的世界里消失不见了。那些歌、那些月光也随着时光消散殆尽。

岁月是蚀人的酸。

二

我八岁的时候，你带着我离家出走，在一个晦暗的院子里租下了一套房子，狭小、逼仄、潮湿、阴冷。

我讨厌那个地方，可它却是我们唯一的家。

你辛苦地维持着我们的生计，随时都像一根绷紧的弦。我一直都在担心某天它会突然断掉，然后你轰然倒下。偶尔放松下来，我就能隐约听见你的叹息。

这时我才发现，原来我们一直在相依为命。

离家出走的日子持续了半年多，我们还是回了家。其实于我而言，这所房子没了你，根本无法称作家，只不过是一个冰冷的居所。

我依旧做我的乖孩子，不忍惹你生气。

我十岁那年，你知道他有了外遇，你和他离了婚。

你终于知道了那个女子，比我大不了几岁，以前常来我们家玩，我还曾亲热地一口一个“姐”地叫她。你带着我去找那女人，一个很隐蔽的地方，年轻的女子挺着很大的肚子。我们把她“打”了一顿。其实你完全是可以动她肚子的，但我知道，你不忍心伤害她肚子里的孩子。你曾经告诉过我，不管父母有多大的错，孩子是无辜的。

我们当然回不到那个家了。

那天，我们冷静地坐在姨姨家的沙发上，不出所料，他打了电话过来。电话里的他暴怒得像头狮子，隐隐约约听得到那边有女人的哭声。他大吼着要和我断绝关系，我只是漠然地吐出了四个字：“我不稀罕。”

然后挂断，关机。

我转过头去看你，你突然倒在我肩上号啕大哭，我知道你是支撑不住了，我一直都知道。我轻拍着你的背，然后像小时候你柔声唤我一样轻轻地说：“妈妈，我们没有家了。”

十岁的我，好像一夜间长大了。

三

那天之后，你就生了一场大病。你一直体弱多病，我亦是。因此你常常自责为什么把一切不好的东西都遗传给了我。其实我不怪你，因为我知道我们从来都是一个人，从来都是。

你很少得那么严重的病，每天都躺在病床上，看窗外烈焰一样的阳光吞噬着一切，神情落寞而虚弱。

我看着你颓靡、悲伤，心里担忧而且害怕，害怕你突然离去。

那时我才刚刚小学毕业。亲戚朋友也会常来看你，但我们终究是无助的。

我们始终都是两个人，相依为命。

冰冷的医院里永远充斥着绝望与死亡的气息，我每天都在医院里穿梭，晚上又在你的病榻前沉沉睡去。

我每天都听得见新生儿的啼哭和亡故者家属的号啕，每天都在见证着生的欣喜和逝的悲痛。其实我并不怕医院里的药水味道和死亡气息，只是有一种对未来的恐惧，一种害怕失去的情绪。

那是我最无助且绝望的日子，你知道吗？

其实我看得到你苍白的脸上透出的悲伤，你知道吗？

其实我已不再是个小孩子。

你知道吗？

四

你出院以后，我们开始了新的生活。我也进入了初中。

你给我找了继父，睿智、宽容。继父对我们很好，你也变得快乐起来，仿佛那场大病把你变成了一个孩子。

我开始叛逆，不按常理出牌，坚强、冷漠、孤傲。谁都不知道这个全年级最小的女生何以如此冷漠。我和男生们打架，纵使自己伤痕累累，也要以最凶狠的目光蔑视他们的存在，直到他们软弱地败下阵来。

我开始和你争吵，越吵越凶。

你要给我剪头发，我死也不肯。你把我按在凳子上，手里的剪刀咔嚓咔嚓剪掉了我的长发，一时间涌上来的怨恨让我失去了理智，朝你大吼大叫：“你从来都是那么恶毒且令人讨厌！难怪爸爸会不要你！”

我突然听见身后的剪刀落地的声响。我疑惑地转过头，却看见你像是被剪断了线的风筝一样坠落，面无表情，眼神空洞而又绝望。

我慌了神，一边扶你一边说："妈妈……我错了……妈妈……对不起……妈妈……你起来呀……妈妈……"

连我自己都颤抖了。然后你慢慢抬起头来，用哀怨而又绝望的眼神盯着我，歇斯底里地吼道："滚！滚啊！"我真的被吓坏了。我跑出了家门，在学校躲了一整天，也哭了一整天。

直到傍晚，我看见你焦急地到处找我，我在树丛后面的秋千上，你没有看见我。我看见你疯了一样地到处喊我："乖乖，回家吃饭了！乖乖，你在哪儿？乖乖，回家了！妈妈不怪你了……你在哪儿啊？……"

回家。

我突然间泪流满面。有你的地方就是家。我看见你缓缓蹲下去哭了，于是我又慌了神，跑出来拍着你的背，不知所措地道歉："妈妈……对不起……我错了……"

你突然紧紧地抱住我抽泣着，没有说一句话。

原来你也是离不开我的，就像我离不开你一样。

我们始终是相依为命的。

五

越来越多的人开始说我们长得很像，性格也像。

我们一起去逛街，人们都以为你是我姐。不过我总喜欢在别人发出感叹时瞪你一眼，然后问一句："我哪有这么老的姐？"

你喜欢古典的东西，喜欢绘画，喜欢音乐，喜欢文学。我完美地继承了你的天赋和爱好。你喜欢听我用古筝弹《梁山伯与祝英台》，我就努力地弹熟，然后弹给你听。我画了整整一个画册的画给你看，你笑着说："画画有长进了呢！都超过妈妈了。"我不语。我看过你的画，我离那水平差得还远着呢。

有时我喜欢戏称你为"姐姐"，你只是笑，然后一边瞪眼一边说："没良心的娃。"

只有我知道，其实你已经老了。

年初的某天，当我下晚自习回家后，看见你一个人坐在沙发上一言不发。问你怎么了，你说："今天去理发店弄头发，居然发现我有白头发了。唉！老喽……"说完轻叹了一声。

原来你终究会老去，而我终究要长大。

岁月的长河终究轰轰烈烈地从你的额上碾了过去，留下长河流淌过的沟壑。

这场时光的洪灾终于摧毁了你，我亲爱的你。

六

转眼又是冗长烦闷的夏天。

某日你午睡的时候，我偶然发现了你的日记本。允许我小人一次吧……我已经看了……

打开日记本，满篇都是在写我，满篇都是你的爱。

该死！我把眼泪滴你日记上了。

我小心地揩去纸上的眼泪，又小心翼翼地把日记放回你包里。你却已经醒了，睡眼惺忪地说了句："没事做就去帮我收菜。"

"嗯？收什么菜？咱家什么时候种了菜？"

"QQ 农场嘛！真白痴，没救了。再不收菜就要被偷光了！"我抽搐了一下，心里却在感叹：老太太还挺前卫。

“妈，跟你说件事。”

“有话就说，有屁就放。”

“下辈子投胎我一定要做你妈。”

你白了我一眼。

“你丫头想造反哪？没大没小的。”

“如果下辈子我是你妈的话，我就像你这辈子折腾我似的折腾你。”

“没良心……睡去吧。”

我看见你翻了个身继续睡了，嘴角带着笑意。

亲爱的你，如果有下辈子，请让我来保护你，我要像你这辈子疼爱我那样疼爱你。

七

忽然想起童年时代。那时的我还很瘦小，蜷缩在你的怀里，像极了一只瘦弱的猫。我总以为，你的怀抱一定是这世上最温暖、最安全的地方。我喜欢你给我讲那些美丽的童话，也喜欢你唱的那些或伤悲或轻柔的歌。我便在这甜软的歌里，安心地睡着了。我梦见自己睡在了由那些温软的调子织成的云朵上。

夜凉如水，岁月如歌。

奏毕一曲光阴，夏夜里的女子青丝白尽。

这年冬天的家书

张悦然

给爸爸

爸爸。我说。

我其实没有什么想说的，只是很久没有喊这个称呼了。我想叫你。

爸爸，我梦见荷花开了，就是我们家门口的。你带着我过马路。手和手是一起的。爸爸，我们是去看荷花吗？

荷花，荷花是像我的鼻血一样的红色，玷污了我的梦。爸爸，我为什么总是流鼻血，你说给我的抬右手臂的办法不再奏效。我只有昂起头。荷花也开在天上。比云彩还纯洁的假象。我看着它们，爸爸，我们家搬去天上了吗？

爸爸，我不是奶奶，我不能这样说，可是我仍旧要这样说你，你是个能干的小孩儿。你看我们的家多好。它多好啊爸爸，还有你和妈妈。还有我们拥有的一切，都是你给的。

爸爸，你有没有数过呢你究竟给过我多少件东西？从小到大有多少件呢？爸爸，我想数的，我企图这样做过在我异常愤怒和你争吵的时候。我在心里数。我说都还给你还给你。我数它们。它们密密麻麻，它们糊在我的整个青春上面，像一个总是不能结尾的美妙童话。童话。哦，爸爸，我喜欢你给我买的童话，虽然我要你念给我可是你没有时间。爸爸，你欠我一些时间这个你知道吧。仍旧在吗，它们？是在写字台下面的抽屉吧。爸爸，我不能还给你了。你给的爱和东西物件我都不能还了，我享用了太多年了。你看我已经是依赖的病患了。我抱着你给的东西就会笑嘻嘻。笑嘻嘻的我也能忘记你欠我的一小段时间。

爸爸，其实你欠我的是很短的时间。因为很多时间我们是一起的。比如我坐在你汽车的后面。我坐在后面看见你看着前方。我喜欢你开车，爸爸，虽然我觉得那太有目的性。是不是能干的人都像你一样有目的性呢？你总是带我去我要去的地方。学校、家、运动房，就是这样。爸爸，其实我想和你去远方！我想和你走走停停去远方。我想你买你喜欢的热狗分给后面的我一半。我就要一半，谢谢。你现在在抽烟，因为我睡着了你就不能抽烟了，可你不知道我喜欢烟。我也想你分我一口。我就要一口，呵呵。

爸爸，你欠我一小段时间。这段时间里我们可以悄悄去一个远方再回来。这期间我们还抽了烟，吃了热狗，打盹儿睡觉，接了电话。然后我们回家。爸爸，我喜欢我们的家。我们回去的时候是快乐的。

你看它建在荷花池旁边，夏天天黑了荷花仍旧明亮。我看见荷花探头去泉水里洗脸。然后继续明亮。爸爸，如果没有时间陪我去远方，我们坐下来看看荷花好吗？它们离我们很近，非常友好。我们就安静坐下来看荷花吧。

啦啦啦，荷花照亮我的家。

啦啦啦，荷花照亮小鱼虾。

爸爸，我忘记问了，你喜欢我唱歌吗？

爸爸，我现在和你相距一片陆地两块汪洋。可是我常常梦见荷花和我们的家。我们的家啊，爸爸。我梦见你牵了我的手过马路。

爸爸，我们是去看荷花吗？

我要把我欠你的小段时光还回来。你牵着我的手说。

给妈妈

妈妈，我今天病了。打电话给你的时候我没有说。

我给自己买了厚厚的被子，冷气还开着，热带雨林的雨像个急于成名的蹩脚乐队一样，天天敲敲打打地练习。就这样，我安安静静地生病了。

妈妈，我知道怎么治病的，我找出你给我装的大箱子。它可真大，里面什么都有，像我原来的家。

我找到密密麻麻地写满字的单子，上面你说：药放在第二层里。

我吃的仍是大明湖畔那个城市的制药厂生产的药。它们一直放在那个庞大箱子的一角。我把它们抓出来，它们冰凉冰凉地带着我从前那个没有来得及品味的冬季的气息。妈妈，我是在冬天离开你的吗？是吗，是吗？我记不清楚了啊。

妈妈，我现在很害怕你。

世界上再也没有比一个无比美丽和善良的女人老去更可怕的事情了。妈妈，你不要老好吗？我就回去，回家，我会跑得很快很快。不用你来机场接，我知道让计程车司机在第三个路口转弯然后直行比较近，你告诉过我的。妈妈，我真想，就穿着这件热带的蕾丝裙子飞快跑回去，经过我们家门口的湖和泉水。妈妈，我还看见了我们从前养的那只猫。可它为什么没良心地走掉了呢？我们对它这么好。妈妈，我真的想这样一路跑回去，穿越大峡谷、热带雨林还有海。我翻过高山，走过麦田和北方的靛蓝色的平原。我将穿着我最好看的一件裙子站在你的面前。可是妈妈，为什么又是冬天了呢？为什么荷花凋谢泉水哽咽了呢？妈妈，我是在冬天离开你的吗？整整一年，有吗，有吗？这样的久我不能相信了啊。

我穿着我最好看的裙子站在雪地里。北方的风从四个方向吹过来，中间的我是中空的。我看见风在我心里汇成的旋涡。旋涡，倒映下你颀长的影子。妈妈，我是害怕你的。没有一件事情比你老去更使我难过。你看我回来了。蕾丝裙子是你喜欢的样子，我知道你喜欢的呀，妈妈，我们两个一起穿蕾丝裙子好吗？

妈妈，你的手上为什么仍旧有伤痕？是你给我掰核桃留下的吗？妈妈，我看见你手上的伤痕，我看到那些尖利的东西欺负你，我讨厌它们。妈妈，我怨恨核桃了，不再喜欢了，你不要剥给我了好吗？

妈妈，你说我回去后的第一天我们做些什么呢？你说我们，我们两个做些什么好呢？妈妈，我们再来养一只猫好吗？我们的老猫咪真是糟糕。它承诺我的啊，我走之后它会乖乖在家里，好好陪着你，可是可是它走得比那个冬天还要快。我们这次好好养，好吗？我们养只忠诚的猫，或者狗，随你喜欢。我们带它去散步，给它挂银闪闪的牌子，一起给它洗澡，好吗？妈妈，我多想有个小家伙陪着你。

妈妈，或者我们一起去买菜吧，你说好吗？我还是不会还价，可是我会挑拣了呀。妈妈，你给我买件围裙吧。你送给过我数也数不清的衣服，可是现在我想要一件围裙，你说好吗？我要和你一样的。零星小花和黄晶晶的油配在一起真是好看。要爸爸来给我们照相吧。我们都穿黑色蕾丝裙子。我们都穿围裙。妈妈你相信我，仍旧会有一样多的人说我们像姐妹的。

妈妈，你想要我陪你去做什么我都去。妈妈，我们再看电视吧。我在天寒的时候坐过来抢你的毛衣，妈妈你就把那件毛衣送给了我。可是我现在在永远28℃的天气里，我没有穿它。妈妈，我对不起你和你的毛衣。其实我不喜欢它，我和你抢是因为我喜欢你穿它的样子。嘿嘿，我以为我穿上也会是一样的好看。

妈妈，我今天病了，因为我昨天夜里有一个非常壮丽的梦。我穿着我好看的裙子回家了。翻山越岭，我甚至还碰到那只背叛的猫，我抓起它的耳朵带它回去见你。可是我真的没有料想是一个冬天。我离开有一年了吗？

妈妈，如果是真的，如果我那么英勇地回去，你答应我，你什么都不要做，你就在门边等我好吗？你答应我带着你一年前的样子站在门边等我好吗？

妈妈，我在小心地走近你和看清你，我们都小声点好吗？我不想吵醒这个华彩的梦。

家是生命中一盏橘黄的灯

王明亚

生命，是一个从荒芜到芳草萋萋的过程。在这个过程里，我们最不能忽略也无法忽略的，是家。

第一次，用一个婴儿的姿态蹒跚着走出家门，扑闪着一双好奇的大眼睛，愣愣地不知往哪里去。然后学着辨别家的方向——或许是一爿半启的门扉；或许是廊前摇摆的衣架；或许是熟悉的猫的声音；或许是苦楝树下狗的饭盆；或许是一张永远等候在门口的笑脸……一点一滴，开始了一个人一生里对家的最深长的认识和依恋。

记得，上学后每天背着书包走在长长短短的田埂上的情景。有时是一个人，有时会有一个伙伴；有时风雨交加，有时斜阳万丈。不管是每一天的清晨，还是每一天的黄昏，总是那相似的没有改变的路。很多次，想停步，因为疲惫，因为厌倦。

然后，一声近处的狗吠声，和着一句坚硬的吆喝；或者是农舍上空袅袅腾腾的烟雾；或是与你擦身而过的某个同样匆匆的背影；或是某一家忽然亮起的橘黄的灯光，只一刹那，就勾起了内心深处软软的、切切的、对家的渴念。

于是急急地加快脚步。

因为知道，远处，那个属于我的家里，肯定也有这样一圈微黄的光晕正为我铺展；因为知道，在那光晕下，有一桌为我等候的饭菜。几双翘首期盼的焦灼的眼睛，那只永远摇着尾巴守在门口的大灰狗，那一份静谧的等待，在这昏黄的途中，延伸为最动人的诱惑。而那路上如水的月光，月光下裸露的荒坟，坟头上猫头鹰恐怖的窃笑声，都有了我熟悉的温暖与明亮。

学会漂泊的日子里，路依然遥无边际。滚滚红尘中，马不停蹄地往前赶。偶尔停下来，在陌生的街头，在夕阳将落未落的黄昏。尽管周围有人群，有房屋，有灯光，有让人追寻、让人迷恋的热闹，可是，只一瞬间就意识到，自己是多么彷徨、孤独，这所有的辉煌跟自己没有一点儿关系。忽然却步不前，只因记忆中那一面旧泥墙，爬在墙上的紫藤萝，几株香气四溢的栀子花树，花上碎碎点点的阳光，灶膛里星星点点的火焰，那每一缕袅然升起的炊烟，因炊烟的飞舞而呈现的风的姿态，狗的嘶哑的吠声，门前树下那条空凳子的孤单守候，父母亲满满的爱的牵挂……

于是，一刻也不能停缓地上路了。所有生命中匆匆放下了一段时间的所有，在推门的一刹那，都细细密密地回来了。

于是，怵然警觉：这一生一世里，不论路在何方，又将去向哪里，家是一个人永远也走不出的牵挂。黎明时出门的那一回头，黄昏时进门的那一颔首，在厚厚沉沉的生命里，攀成永远的常青藤。

尽管，我会由被人牵挂而变为牵挂别人，但这份对家的依恋依旧。我还是那个处在长途中的人，还是那个奔波忙碌、时常不知所措的人，还是那个茫茫然疲惫不堪的人。而家，永远在我的记忆里，在我的意识里，在醒来梦去的眸子里，清晰如昨。它们总是站在一个固定的方向、一个固定的地方，以它的一片馨香、明媚，温情地指引一颗心归来，洗尽那尘世中的种种铅华，让那颗心忘记漂泊路上的苦涩，从而撑起一片希望，只为，明日又可以轻轻松松地上路。

“家是一个人点亮灯在等你。”记不得这样温馨的文字出自哪本书了。可是确实啊，从一个人生下来家就是他生命中一束橘黄的灯光。因为有家，因为有深沉的牵挂，生命才不会因无根而枯萎；也正是因为有家，因为有如此深沉的牵挂，生命才会熠熠生辉。

乡路带我回家

申赋渔

一只一只不锈钢的快餐盆递过来，里面是没吃完的米饭、排骨、大肉，甚至有完整的鸡腿。李红光咽了一口唾液，又很不情愿地一样一样倒进垃圾桶。

“如果没有人，我肯定会捡起来吃掉。”

李红光是南京信息工程大学大二的学生。上大学两年来，他没在食堂吃过一顿饭。他没有钱。

他在食堂打工。第一批同学们进来，他就站在这里，站在大门边上这个桌子的后面，等他们吃完了，把快餐盆送过来，他把吃剩的食物倒进垃圾桶，然后一只一只叠好，放着。到最后一批同学吃完了，他赶回去。

他回宿舍吃饭，泡两包方便面。他中午和晚上都吃方便面，一天四包，早饭，他不吃。方便面有时就这么干着啃，喝点儿水，这样，方便面里的料包就可以省下来。今年，他已经省下许多包，他说弟弟喜欢吃这个。他打算过年的时候，一起带回去。

其实，一个月前，他回了老家一趟，因为走得匆忙，什么也没带，什么也忘了带。父亲的电话让他神情恍惚，忧心如焚。他骑了自行车就走。从南京到连云港赣榆老家，三百多公里，他骑车回去，他走了五十五个小时。

“要是有空，你回家一趟吧。”

他问是不是妈妈的病加重了，父亲没说，匆匆挂了电话。

这是李红光上大学两年来，父亲第一次打电话过来。

9月25日上午8点，李红光骑了车就走。他一夜没睡。他担心家里，一定是妈妈出事了。

如果乘车回家，车费要七十块，他没有。

喉咙干得冒火，嘴唇咸咸的。他渴得不行。一瓶矿泉水，早喝光了。一点儿力气都没有。四处张望着，越骑越慢。到安徽天长一个拐弯口，看到一个农家小院。女主人正摘着花生，带他到水缸边上。他舀了一瓢水，仰起头就灌。水甜甜的，凉丝丝。力气一点一点地回来了。他灌满矿泉水瓶子。女主人说：“还早呢，路上小心。”

天黑了。腿疼起来。每蹬一下，像针刺着，小腿直打战。李红光下了车，推着车走。脚一动，腿上的肌肉像被刀割着。站不住，他在路边坐下来，使劲地用拳头打着腿。他缩起腿，双手死死地抱着。弓着腰，头埋下来，蜷着身子。

不知道离家还有多远，腿疼得眼泪在眼眶里打转。

“不想走了，想打110，不管警车带我到哪里。只要不用再骑车。”他心里想。

但他没有打110。他在地上一直躺着，旁边道路上的车一辆接着一辆飞驰而过。十分钟，二十分钟，腿不那么疼了。李红光站起身，推着自行车慢慢地走。肚子叫起来，李红光拿出饼咬着。离开学校的时候，他带了两只饼。

这一夜，他走走停停。一百多公里了。

到淮安，看到牌子上写着行人、自行车不许上高速。他还是上了，他不认识路，只想沿着高速走。

时间不长，后面就有喇叭在喊：前面骑自行车的人停下。是警车。他停下来，想，糟了，我没钱罚款。

他说，我回家看妈妈。

警察善意地拍拍他的肩膀，指了一条小路，让他下去了。

“没有罚款。”

26日中午。

另一只饼也已经吃掉。李红光终于在一家饭店的门口停下来。

“老板，最便宜的菜是什么？”

“青菜豆腐汤，三块。”

李红光点了这个，要了一碗饭。老板看着他，猜不出这个骑自行车的脏兮兮的小伙子是做什么的。他问李红光。李红光说了。

李红光没饱，可是够了。

老板追出来，硬生生把钱塞还他的口袋。

离家是越来越近。天又黑了。

速度慢下来。夜渐渐深了，他想睡觉。头变得很重，眼皮不时耷拉下来。眼睛挣扎着要睁开，又像被绳子向下牵着扯着。车轮一颠，眼睛猛然一睁。没什么，眼皮又垂下来。李红光骑着车，缓慢地向前，头一冲一冲的。李红光下了车，在路边草地上躺下。他要睡。睡半个小时，爬起来，骑一个小时，再倒下来睡半个小时。

天要亮的时候，李红光沉沉地睡了，醒来的时候脸上湿漉漉的，李红光睁开眼睛。天已经亮了，下着雨。衣服湿了。李红光骑了车，赶紧上路。

27 日下午 3 点。

门虚掩着。我推开门，门吱嘎一声。妈妈的床在厨房里，我朝厨房望过去，妈妈躺在那里。

我跑过去。妈妈回过头，我心里一块石头落下来。妈妈撑了一下，要坐起来，鬓角的白发垂下，挂在脸上。我过去扶她。妈妈脸色苍白，又老了许多。我心里酸酸的。

看我蓬头垢面，一身的泥土，妈妈问我："你怎么回来的？"

"骑车。"

"别耽误了读书认字，我就认准那个'字'，那'字'是好东西。"说完，妈妈闭上眼睛，好一会儿，长长叹了口气，眼泪流下来。

我跑出去，我怕在她的面前哭出来。

我炒了土豆丝，做了煎饼。妈妈坐在床边，和我们一起吃晚饭。她埋怨父亲给我打电话。父亲嘿嘿笑着，不说话。父亲是因为妈妈突然几次晕倒，才给我打电话的。不过，妈妈看到我了，很高兴，精神好了许多，话也多。

“你哪来的皮鞋？”

“图书馆的何老师送的。”

“手表呢？还是夜光的哩。”

“同学给的。”

“不能拿人家的东西。”

“他们真心的。”

“你要记着他们，要好好谢谢。”

我点头。

妈妈有很多话要说，她忍住，催我去睡。

10月7日，早上4点。

我醒过来。妈妈硬撑着已经在做早饭。我要走了，爸爸不在，妈妈说他出去了。

妈妈一下子打了四个鸡蛋。在家里，每一只鸡蛋，都是要卖的。我吃了一个，放下筷子。

“你吃呀。”

“在学校，我吃腻了。”

“你哪来那么多钱？”

“我不喜欢吃鸡蛋。”

“你这孩子，你不听话。”

妈妈眼泪又要流下来。我站起身，我不会吃的。我去收拾行李。

到 6 点钟，爸爸还没回来。天渐渐亮起来。妈妈有些急了，总是到门外去望。我呆呆地坐着，我知道爸爸是借钱去了，给我借回南京的路费。

爸爸回来了。手里捏着一张叠得好好的一百元。

我只能拿着。

爸爸妈妈送我到村子后面的大路上。妈妈说着话，爸爸还是一言不发。

车子开了。车子后面的玻璃上贴着纸。我趴在上面朝后看。爸爸妈妈成两个模糊不清的黑黑的影子，在路边站着。

影子越来越小。我知道，看不到我了，看不到车子了，妈妈还会站着。

看了妈妈回来，李红光心里踏实多了。老师也帮他找了在食堂打工的工作。他要把挣的钱省下来，给妈妈买治风湿病的药。

10 月 28 日下午，南京信息工程大学，李红光的宿舍。他去给我洗苹果，这是四天前，我们看他时，给他买的。他一个没舍得吃。

苹果还放在他桌子上方的柜子里。苹果的边上是一只鞋盒，他拿给我看，里面是他剪下的报纸登的广告。他本来打算下午按着这广告去给母亲买药的，因为我来采访，耽搁了。鞋盒的边上，是一堆方便面。两只空了的方便面箱子，放在床底，从裂缝里看到，里面是废旧的报纸。同学看完报纸，不要了，他拿过来，看过，再一张一张收好。箱子边上是一只黄色的军训时用的大包，口张着，里面是空的矿泉水瓶子。

“一个可以卖一毛。”

同学喝过了，在宿舍走廊里扔着，他捡过来。

“学费可以欠着，学校也没向我催，等我有钱了再还。生活费就要靠自己挣了。”

在到学校食堂打工前，李红光在图书馆拖地。每天两小时，一个月，可以挣二百块。

“图书馆的老师非常好。”

我去了图书馆。

“这孩子，就说一件事吧。”图书馆的何老师说，“我们这里一位老师的爱人得了白血病，我们在这里商量，想捐一点儿钱，声音也不大。这孩子在边上拖地，听到了。他拿了五十元硬要给这老师。老师不肯要。老师说哪能要你的呢。争来争去，他哭了。说我没钱，就是一点儿心意。老师也哭了。”

五十块钱，李红光要在图书馆拖整整一个星期的地。钱，一直困扰着李红光。

在李红光的书架上，插着一本蓝色封面的笔记本。翻开来，一页纸上，是许多涂去又写上，写上又涂去的同学的名字。名字已经看不出，名字后面的数字还留着，有二十，有五十，这是李红光向同学借的钱。无法支撑的时候，他就向同学借，有钱了，他马上还。

“从来没人向我要。要是一时还不上，每隔一段时间，我都会讲，我还欠你钱呢。他们总说，你用吧，不急。”

“现在不欠了。”

因为给图书馆打扫卫生这份“稳定工作”，李红光还清了所有欠账。也正因为还清了这所有欠账，李红光轻易不肯再伸手借钱。因为不愿欠债，这一次，他才为七十元的路费，骑车三百多公里回家。

不欠账了，然而这本子他留着。

本子的首页上，写着“祝李红光考上大学”。本子的最后一页，盖着一个“连云港赣榆县黑林乡”的公章。

在这本特殊的李红光无比珍爱的本子的第二页，他抄着这样一首诗：

致爱子

孩子，我要跟你说：
对我而言
生命从来就不是一座水晶的阶梯
上面有钉子
还有碎片
楼梯的木板也支离破碎
地板上也没有地毯
空荡荡一片
但我都一直往上爬
有时到达了，落脚了
有时转弯

有时在黑暗中摸索前进
四处一片漆黑
所以，孩子，你不要回头
也不要坐在阶梯上
就只因为你发现很难走下去
你不能一蹶不振
因为亲爱的，我还要继续走下去
我还要往上爬
生命对我而言
从来就不是一座水晶的阶梯

积雪的早春

吴佳骏

仿佛一个不真实的臆想，一夜之间，我长大了，我决定出走，坚定而决绝。我需要替自己渴望起锚的船只寻找一个全新的河岸，以便安慰自己那对任何世事皆无所畏惧且适宜做梦的年龄。我太急于把自己放逐到世界的中心去了，仿佛宇宙间的每一扇窗户都是专为我而敞开的。

当我在那个冬天里肩背“理想”的行囊一个人悄悄地上路时，我的心里依旧充满了温暖的阳光。尽管，寒风是那样强劲，道路是那样曲折，而我的行走既没有目的也没有方向，更不知道在前方等待我的到底是一片明朗的天空，还是一片未知的苍茫。

故乡在我的身后越来越模糊，我好似突然间闯入了一个陌生的世界，那里没有枯燥的学业来绞尽我的脑汁，没有父母的唠叨来扰乱我的耳根。我流连于高楼巷陌间，沉醉于鲜花与激情中，在那里，我看到了形形色色的男人和女人，结识了更多的新朋友。我尽情地挥霍着自己的青春，我感到自己就像一只无忧无虑的鸟儿，在天空中自由地翱翔，两边的云朵全在给我让路，头顶上方天使的微笑太迷人。

但渐渐地，我高涨的激情突然间消失了，随之而来的是强烈的孤独。我发觉潜藏在自己热情背后的只是一片空虚。因为，在我结识的所有朋友中，竟然没有一个是我原来熟悉的，更没有自己的亲人，我感到自己只是一个不真实的存在。从父母钱夹中偷取的钱已经花完，饥饿和寒冷像针一样刺伤了我。

于是，我开始想念故乡，想念我的父母。我猜想他们此刻是在为我的不辞而别恼怒，还是在四处打听我的行踪，心急如焚？刹那间，我决定回家，态度比决定出走时更为坚决。

当我拖着疲倦的身子忐忑地回到家时，已是初春了。早已站在房门外等候我归家的母亲看见我回来了，淡淡地笑了一下，温柔地说："孩子，回来了，进屋喝杯热茶吧！"就在母亲的手将那杯滚烫的热茶递到我面前时，一股久违的热流迅速传遍了我的全身，我禁不住泪流满面。泪眼蒙眬中，我偷偷地向窗外瞧了瞧去年我离开的那条山道，发现去冬残留其上的积雪尚未化完，尽管——那年的春天来得是那样早！

火车六年不到站

魏岚

我到武警医院看望哥哥时，意外遇到两个老乡。他们是兄弟俩，弟弟因为车祸住进医院。

“你弟弟住院多久了？”

“六年。”

“六年？”我震惊。

他弟弟能说能笑，只是走不了路，记忆力很差。他记不起任何人，除了他哥哥。

半夜，我听到弟弟说：“哥，什么时候下车，别忘了喊我起来。”

“知道了。”

这样的对话，一晚上至少有五次。第二天，我问起这事，他告诉我，弟弟是在六年前春节回家时被车撞的，出事时，刚下火车，所以醒来后，一直以为自己还在火车上。

他总是趁弟弟睡着的时候，默默地踱到外面抽会儿烟。他从二十五岁到现在，把自己最美好的青春全耗在这个医院。

这天，弟弟吃了药，睡得很沉。他找到我，说："你去不去逛街？"我惊讶地问："这里有街吗？"他兴冲冲地说："我带你去。"

从医院走出来，他兴奋地说，他要去买件衣服，很久没有买新衣服了。这里是开发区，很荒凉，过了河才有集市。我们乘船过去，那里只有十几家商铺，他却来来回回逛了好几趟。最后，他买了只烧鸡，说他弟弟从小就爱吃烧鸡。

准备往回走的时候，他看着手表惊呼："下午 4 点了，弟弟一定醒了。"我们飞快地往回跑，到了江边，发现一只船停在岸边。他扯开喉咙喊："开船的呢？"旁边的商店老板说，那人回家吃饭去了，要一个多小时才能回来。他很着急，我安慰他："你弟弟醒来，护士会照顾他的。"他不听，开始脱衣服。

我惊呼："你干吗？"

"我游过去。"

"天这么冷，你会冻坏的！"

他挣脱我的手，跳进河里。那可是冬天啊！

街上的人全跑来看热闹："有人跳河了……"

我看着河面，他把衣服和烧鸡顶在头上，一点一点地向对岸游去。直到他上岸，我才松了口气。他在对岸向我挥挥手，然后一边穿衣服一边向医院跑去。

两小时后，我回到医院，看到他换了衣服，坐在床上看着弟弟吃烧鸡。弟弟好像哭了很久，一边抽泣，一边吃烧鸡：“哥，我以为你先下车了呢。”

“怎么会呢？要下车，我一定会喊你一起的。”

弟弟点点头：“那我们大概什么时候可以下车？”他肯定地说：“明天就到了。”

我转过头，泪流满面。这路真长，火车一坐就是六年，也许，还要坐很多年……

失落的版图

严歌苓

我平生参加的第一个葬礼，竟是母亲的葬礼。

今年 3 月的一个下午，我心里莫名其妙地生出一阵微痛的思念。我通常是在这种思念之痛突然发作时，一把抓起电话的。因为是心血来潮，往往在电话那端有了应答时，才发现自己并不想说什么。只不过觉得母亲的声音比之信中的文字来得更有声色些，更物质些，并且使我和母亲远隔重洋的沟通，又多出一维空间。这天我那识途的手指再次按下妈妈的号码。对父母的电话号码的记忆，早已不必经过大脑，手指头就如钢琴家熟识琴键上的音阶那样。

3 月的那个下午（正是祖国的清晨），接电话的竟是我的继父。妈妈是个敏捷至极的人，电话铃一响，她总是闻“声”起舞似的向电话一跃。我甚至怀疑她时时都埋伏着，守候我的电话。这回接电话的并不是妈妈，事情已大不寻常了。我劈头就问：“妈妈呢？”继父没有直接回答，反问我失眠症可有好转。无数猜测造成了我瞬间的木讷，任继父例行公事地问我的写作，问我先生的健康。我一字未答，等他把圈子兜完，我仍是那句：“妈妈呢？”

继父说妈妈住进了医院，前两天刚刚经历胃切除手术。他接着告诉我，妈妈胃癌已是晚期。在老爷子喋喋不休的陈述手术的过程时，我重复对自己说：有时噩梦也会如此真切，但最终总要醒来，醒来后发现它不过是个唬人的梦。我只希望此时有个人来猛力推我、告诉我，我只是让梦魇所陷。却没有一个把我拉出噩梦的人。这噩梦我是要做到生命终结的。

妈妈那么健壮的一个人，一副爽脾气，怎么可能患这样可怖的病呢？每次回去探望她，她总是不容分说地拾起（扛起、背起）我的所有行囊，在拥挤的人群里给我开道。我却甩着两只空手，不断恳求她慢些走，至少也让我拎一半的行李。她根本不理我，因为在她眼里我一向柔弱。有时我会跟她叫嚷：“妈妈，别让人看见我这样甩着两只空手，让你老太太当挑夫，会说这个女儿真够‘孝顺’的！”她仍是不理我，只会像一辆坦克一般闯过去。这样的一个妈妈怎么会说病就病到了死亡的门口？

几天后我到了上海，再乘火车到南京。妈妈已从外科转到了肿瘤科。在我到达之前，大家都期待由我来把真实病情告诉妈妈。哥哥一家和继父的儿女们都觉得轮不上他们来给妈妈这一句宣判。正如二十年前，由我来宣判爸爸对她的感情已耗尽、他们的婚姻该解体。人们之所以把这份重大而残酷的任务委派于我，是因为他们知道我在妈妈心里的地位，当然也知道妈妈在我情感中所占的分量。

从火车站到医院的路上，我只感到将遭判决的是我，而不是妈妈。人们在计程车上你一句我一句，讲着妈妈生病的始末。我一句也没听进去，只在心里组合着那个最残忍的句子，我还一遍遍说服自己：妈妈应该知道真相，妈妈有权利明白地生，明白地死。我想，有我在她身边，她会增添很多力量来接受这有着巨大杀伤力的真相。我还相信妈妈的坚强，她那些磨难若搁在我身上，每一次都等同于一次死亡。

进病房门时，我后脚还没跨进门就见妈妈的脸冲着门，眼睛望穿秋水似的满是等待。我叫了一声“妈妈”，泪水淹着眼睛和五脏。妈妈眼中，那等电话的等、等信的等、等在火车站接我的等，此刻全聚集在那儿……她像是等着我来搭救她，伸出已瘦黄的两只手，张向我，叫一声：“女儿！”她嗓音已失却了大部分清亮。我走上去，把头埋在她的双臂之间。我那天在她病房里待了六个小时，那句最难以启齿的话，忽而在我喉口，忽而又退缩回心头。我想，我们将实情瞒着她，其实不是为她好，而是为我们自己好，使自己得到虚假的安宁。在伪造的好气氛中，健康人与病人的关系，要好处得多。我非但没把实情告诉妈妈，还去串通主治医生，请他帮忙维护我们善意的谎言。可是在我就要离开病房的时候，妈妈突然拉着我的手。南京三月的春意，是潮冷的，妈妈的掌心却如以往那样干爽和温热。妈妈说：“女儿，妈妈得的是癌症，你知道吗？”

我的手在妈妈的两只掌心里越发冷下去。我说：“别瞎猜。不是的，只不过是严重胃溃疡。”妈妈看着我，有泪在我眼中闪烁。她笑了一下，带出一声叹息，似乎本指望等待我回来，就是要我同她一起承受这份真实；却发现我也不能面对真实，我也站进了对她隐瞒真相的人群中，靠着谎言，混一天是一天。看来她只得孤零零地去担起那份真实的负荷。我的眼泪再也噙不住，她却轻快地拍拍我的手，说：“好，好，不是就不是！”这个时候，她和我只有不朝那痛处看，或者看穿也不去说穿它。

这天以后，我每天去附近的菜市场，买回最新鲜的鱼和蔬菜。看妈妈吃饭，是我最紧张和最痛苦的时候。她是吃给我看的，机械地咀嚼，任何美味于她其实都不复存在了；再别出心裁的菜肴，在她嘴里都如同嚼蜡。化疗使她的进食变成一种折磨。妈妈却总说：“嗯，好吃！闻起来就香！”

第二次化疗后，妈妈常从头上抓下一大把一大把的头发，似败草一样。妈妈曾有一头极好的厚发，演《雷雨》中的四凤时，编一根又粗又长的大辫子。那样活的一根辫子，一甩一挥都是生命。话题就从头发开始，妈妈讲起她演的一出出话剧中的一个个角色，讲到得意时，她像是完全康复了。仿佛回到了几十年前的岁月，眼睛也是二十岁时的眼睛，那早已拖长而形成一条深皱的酒窝，又圆了。妈妈是好看的，年轻时更是，荣耀的日子有过不少，似乎什么都有过，只是从没得到过爸爸的爱。

5 月，我必须回美国完成一些写作，处理一些事务。那时妈妈的病情也相对稳定。临走前的晚上，我在妈妈床边坐到很晚。她忽然讲起她生我时的情形。她讲得很仔细，一个细节也不放过。她说我在三分钟内就冲锋到她的体外，当护士告诉她是个女儿时，她从产床上跃起，拉起护士的手就说：“谢谢！谢谢！”似乎是医生护士成全了她对女儿的期盼。

我没想到，妈妈会在离别时讲这件事。也许她自己都不知道它的寓意。

8 月初，癌细胞已转移到妈妈的脊椎，破坏了全身的造血机能。身体里已基本没有红细胞，妈妈在靠输血过日子。然而所有的人都对我封锁消息，担心我的失眠症再次发作。似乎是某种感应使我早早订了机票，于 8 月 6 日赶到上海。刚在旅馆下榻，我便拨了电话，通报我的到来。而我得到的第一句话是：“妈妈昨天早晨过世了。”

我连一声惊讶都无力表示。下面的话我全听不懂似的，只是僵硬地把话筒渐渐从我耳畔挪开。我什么也没说，直接把电话挂断了。似乎是一把刀刺进来，血尚要过一会儿才会流出来，疼痛也需要一段时间才能追上我的知觉。我一再问自己：我是个没母亲的人了？一个没了母亲的人是谁？我是什么人？住在这空寂的旅馆，走出去，外面将是个没有母亲的空寂世界。

我哭不出来。我坐在旅馆的厚厚的陌生中，坐了不知多久。大约是午夜 12 点多了，我吞服了三倍于平常剂量的安眠药，躺在床上，等着痛楚追上来，等着眼泪追上来。安眠药半点儿效力也没有，我再次吞服了更大剂量的药。窗外的黑夜已在褪色，我无梦无眠亦无思。没有了母亲，祖国的版图在我心里，从此是缺了一块的。

5 点钟，我起来，拨通了美国的长途，我先生恰在等我电话。我不知道讲了些什么，只知道讲得很长，抽泣使句子断裂。之后我收拾了行李，去搭最早一列前往南京的火车。我坐在那儿，心里一片茫然，眼睛不大眨，也不大转动。车上的人心情都很好，很热闹的购买沿途每一种特产。我没了妈妈，人们照样啃无锡肉骨头。

追悼会安排在我到达后的第二天。只有一小时，因为殡仪馆下午4点关门。我临时写了悼词，语词文法都稍显错乱，只以满腹遗憾、通体悲伤，将全文凝聚起来。我仅念了第一句：“亲爱的妈妈，我回来了，不过已太迟了……”站在第一排的哥哥就“轰”的一声大哭起来。四十岁的哥哥，我是头一次看见他的眼泪。

妈妈躺在鲜花丛里，嘴唇微启。哥哥告诉我，妈妈的最后一夜，一直在喃喃地说：“不知还能不能等到歌苓了。”

妈妈年轻时同台演戏的朋友都来了。他们还叫着我的乳名，还口口声声叫我“好孩子”。有一瞬间，错觉来了，似乎又是几十年前，我在后台，穿梭于这些熟识的演员叔叔阿姨之间，寻找妈妈。总会有个人喊：“贾琳，你的千金在找你！”

遗体告别仪式结束了，门外的蝉仍在号哭。我有一点儿明白，妈妈为何把我出生的经过那样仔仔细细地告诉我。

没有过不去的坎儿

张笑恒

人的承受能力，其实远远超过我们的想象，就像不到关键时刻，我们很少能认识到自己的潜力有多大。同样，在我们没有遭遇到痛苦的时候，我们根本不知道自己能够承受多大的打击。

人总是在遭遇一次重创之后，才会幡然醒悟，重新认识自己的坚强和坚忍。所以，无论你正在遭遇什么磨难，都不要一味抱怨上苍不公平，甚至从此一蹶不振。人生没有过不去的坎儿，只有过不去的人。

曾经有这样一位农村妇女，18 岁结婚，26 岁赶上日本鬼子侵略中国，在农村进行大扫荡，她不得不经常带着两个女儿一个儿子东躲西藏。村里很多人受不了这种暗无天日的折磨，想到了自尽，她得知后会去劝说："别这样啊，没有过不去的坎儿，日本鬼子不会总这么猖狂的。"

她终于熬到了把日本鬼子赶出中国的那一天，可是她的儿子却在那炮火连天的岁月里，由于缺医少药，又极度缺乏营养，患病夭折了。她的丈夫不吃不喝在床上躺了两天两夜，她流着泪对丈夫说："咱们的命苦，不过再苦咱也得过啊，儿子没了咱再生一个，人生没有过不去的坎儿。"

刚刚生了儿子，她的丈夫患水肿病离开了人世。在这个巨大的打击下，她很长时间都没缓过神来，但最后还是挺过来了，她把3个未成年的孩子揽到自己怀里，对他们说："爹死了，娘还在呢。有娘在，你们就别怕，没有过不去的坎儿。"

她含辛茹苦地把孩子一个个拉扯大，生活也慢慢好转了，两个女儿嫁了人，儿子也结了婚。她逢人便乐呵呵地说："我说吧，没有过不去的坎儿，现在生活多好啊。"她年纪大了，不能下地干活，就在家纳鞋底，做衣服，缝缝补补。

可是，上苍似乎并不眷顾这位一生波折的妇女，她在照看自己的孙子时不小心摔断了腿，由于年纪太大做手术有危险，她只能躺在床上。她的儿女们都哭了，她却说："哭什么，我还活着呢。"

即便下不了床，她也没有怨天尤人，而是坐在炕上做做针线活。她会织围巾，会绣花，会编手工艺品，左邻右舍都夸她手艺好，前来跟她学艺。

她活到86岁，临终前，她对儿女们说："都要好好过啊，没有过不去的坎儿……"

是的，人生中，没有过不去的坎儿，只要我们有良好的心态，咬咬牙，任何困难都会过去的。

疯娘

侯发山

富贵懂事后，才知道娘是个疯子。

在富贵的印象当中，疯子应该是又脏又丑、又哭又笑、目光呆滞、精神失常、自言自语、喋喋不休的样子。但是娘不一样，她虽不漂亮倒也耐看，打扮得干净清爽，头发也梳理得十分顺溜。她不但会洗衣服、梳头发，还会坐在灶膛前烧火。她不哭不闹，没人注意的时候经常嘻嘻地傻笑，见了人目光却是怯怯的，但是她看富贵的时候，眼神里流露出的是母性的温柔。当富贵在跟前的时候，她有时伸手去抚摩富贵的头或是脸，这时候富贵就躲得远远的。父亲就责骂富贵，说："德行，还不是你娘从小把你奶大的？没有你娘哪有你？"富贵不理会他爹的责骂，在他知道娘是个疯子后，就再也不跟她睡一张床，再也不喊她娘了，跟村里人一样叫她疯娘，甚至和小伙伴一起去捉弄她。

富贵六岁那年的夏天，长久地留在了他的记忆中，成为一种永远的痛。

有一次富贵病了，上吐下泻，身上还火炭似的发烧。父亲让村里的医生给他打了退烧针，包了几包药，然后问富贵想吃啥，想吃啥就给他做啥。富贵想了半天，说想吃冰糕，因为他长这么大还不知道冰糕是甜还是酸。“冰糕？”父亲愣了一下，然后苦笑着说：“孩子，咱这荒山野岭没有卖的呀，集市上才有呢。”富贵说过之后也后悔了，他明白家里的境况，一个冰糕要四个鸡蛋的钱呢，而鸡蛋是家里的银行，吃盐穿衣都要指靠它呢。于是，富贵就用微弱的声音对父亲说：“我不想吃冰糕，我想吃窝头。”父亲什么也没说，就扭过头去抹眼泪，哽咽着说：“孩子，我给你擀白面条吃。”要知道，那年月，白面条也不是想吃就吃的……

晌午吃饭的时候，没有看到疯娘，不知她什么时候溜出去了。父亲站在门口吆喝了几声，也没见疯娘回来。父亲就没在意，因为疯娘经常四处游荡，有时早上出去天黑才回来，他们也习以为常了。到了后晌，疯娘跌跌撞撞兴高采烈地回来了。她一定跑了不少的路，一身尘土，衣服被汗水溻湿了，裸露的胳膊上划了不少血道子……父亲黑着脸对她说喝汤去。疯娘一反常态没有听父亲的话，而是直奔树荫下躺在石板上休息的富贵，满脸兴奋，嘴里含糊不清地说：“贵儿，冰……冰糕。”富贵和父亲都吃了一惊，不知她要干什么。只见疯娘手忙脚乱地打开了她手里包着的方巾，然而方巾里面什么也没有！疯娘一脸失望的痛苦，旋即傻笑着说：“冰糕跑了，还尿了一泡。”富贵幼小的心灵被强烈地震撼了，因为这时他才看到方巾上一片湿漉漉的痕迹！毫无疑问，疯娘翻山越岭走了几公里的路去集市上买了一块冰糕，用方巾里三层外三层地包好然后拿了回来。富贵禁不住动情地叫了一声“娘”，随后一头扎到疯娘怀里。疯娘的钱从哪里来的？这是富贵至今都没弄明白的问题。

还是这年夏天，疯娘死了。疯娘是为富贵死的。富贵为此追悔莫及。

那天正午，天热得跟下了火似的，富贵和毛蛋、土豆几个伙伴瞒着大人到村口的池塘里洗澡。他们赤条条地正在水里打着水仗，土豆忽然说道：“疯娘来了！”果然，富贵看到娘站在塘边哇哇地比画着，大概意思是让他出去。看到她着急的样子，土豆灵机一动，大声说：“富贵淹死了，淹死了……”富贵也觉得有趣，故意用两手在水里乱扑腾，一边叫道：“救命啊，救命啊……”谁也想不到，疯娘在池塘边转了两圈，就扑通一声跳进了池塘里，她一头扎进水里，再没出来。等村里人捞出疯娘时，她已没了气息。

富贵傻傻地站在一边，心里似乎轻松了不少。

父亲阴沉着脸说：“富贵，你娘是为你疯的！”

富贵扑闪着眼睛，不明白父亲的意思。

父亲哑着声音说：“富贵，你两岁那年，有一天晌午在村口玩耍，被外村一个人贩子抱走了。你娘急得不行，就连家也不顾了，到方圆几公里的村子里找你，饥了她就向人要块馍，黑了就卧在墙角旮旯儿熬一夜。逢人她就打听，遇到水井或者是粪池，她就趴在那里拿根棍子在里面搅动，她以为你掉下去了……一直找了一个多月，也没找到你。你娘回来的时候，我都差点儿认不出她来了，又黑又瘦又脏，跟个叫花子似的。你娘把眼泪哭干后就不哭了，嘿嘿傻笑，疯了。半年后，你被警方解救回来了，但是你娘的病再没好。”

说到这里，父亲抹了一把脸上的泪水，说：“你娘最喜欢的人就是你，她心甘情愿地为你疯，心甘情愿地为你死……”

“娘，娘，我最好最亲的娘啊……”富贵扑到疯娘的身上，可着喉咙号啕大哭，他有好多话要同娘说，但娘再也听不到他说的话了。

直到现在，富贵一不吃冰糕，二不去游泳。

我相信我会找到妹妹

王发财

意大利北部的一个小镇，夜出奇的静谧。母亲下班回来后，寂寞了一天的小马里奥·卡佩基扑上前来就搂着妈妈的脖子不放：“妈妈，我一个人在家不好，很无聊！”

“宝贝儿，妈妈知道，妈妈要工作养活你啊，不过妈妈想再生个宝宝，这样，妈妈不在家的时候你就不会寂寞了！”母亲说。“真的啊妈妈？那你要给我生个小妹妹！”小马里奥·卡佩基兴奋地说。直到睡觉的时候，小马里奥·卡佩基仍然沉浸在喜悦中。

星星都慢慢地从山那边爬了出来，月亮女神从寂寞的小马里奥·卡佩基的梦境中滑过后，不经意地摇摆了下裙裾，旋即帮他完成了个夙愿——一年后，母亲就生下了一个可爱的妹妹。

小马里奥·卡佩基很喜欢小妹妹，没事的时候就守在摇篮边，故意用手指头去戳她的小脸小嘴逗她，看着妹妹如花的笑靥，小马里奥·卡佩基开始在心中想象着妹妹日后定如公主般美丽。但，和妹妹在一起的快乐和美好的憧憬，并没有在小马里奥·卡佩基生活中持续多久。随着一阵阵轰隆隆地枪炮声和防空警报的响起，国家卷入了二战，爸爸被迫去了前线，且不到三个月传来了战死的消息。

天色已经很晚，黑暗笼罩下的世界格外的阴森可怖，小马里奥·卡佩基抱着妹妹透过门缝焦急地向外张望，母亲已经两天没有回来了："妈妈，你是不是不要我们了，为什么还不回来？"其实小马里奥·卡佩基不知道，此时的母亲已经被纳粹抓走，并关进一个集中营里。

第二天一早，小马里奥·卡佩基决定出去找找妈妈，顺便找点儿吃的，当她把妹妹放在卧室中安顿好后，就走出了家门。在外转悠了小半天的工夫，小马里奥·卡佩基弄了些面包，在往回赶的路上，防空警报响起，炸弹如雨点般倾泻而下。等他醒来时，已经被一位好心人带离了自己的城市，正随着大批难民向南走去。

"妹妹还在家里，我要回去找她，我要回去找她！"小马里奥·卡佩基呼喊着。

"你还找什么呢？炸弹已经毁掉了整个城市！"同行的人悲戚地说。

"不，我相信她还活着，我能找到她！"说完，小马里奥·卡佩基就往回跑，但除了满眼的废墟、瓦砾和尸体，几乎没有搜寻的可能。小马里奥·卡佩基开始露宿街头，和其他无家可归的孩子混在一起，多数时间都饿着肚子，这种苦难生活直到三年"二战"结束才好转。

那时卡佩基已经十岁，出狱的母亲在意大利的大街小巷寻找了他一年。最后，在一桥墩下居住的流浪儿中找到了卡佩基，母子抱头痛哭。接下来，他们决定寻找妹妹，但寻遍了意大利各处都杳无音信。

两年后，母亲决定带着卡佩基去美国谋生。此时的他们仍然没有放弃寻找妹妹，母亲把意大利各大寻亲机构寄来的密密麻麻长串长串的名录，反复看了不知道多少遍，但就是没有女儿的音讯。

“孩子，妹妹可能真的找不到了！”母亲沮丧地说。

“妈妈，我相信可以，我相信她还活着！”此时，小卡佩基已经上学了，当时的美国遗传和生物学家沃森发表了关于 DNA 三链模型的研究报告，并声称，将来人类有可能通过 DNA 在千万人中进行个体、亲属和种群的识别，但这仅仅是设想，现阶段仍处在研究中。卡佩基看到这则消息后，兴奋异常，并开始对遗传和生物学产生了浓厚的兴趣。

此后，心中的夙愿点燃了卡佩基的激情，他不仅获得哈佛大学生物物理博士学位，而且师从 DNA 双螺旋结构发现者、诺贝尔生理学和医学奖获得者詹姆斯·华生，一直致力于遗传学研究。1991 年，卡佩基入选美国国家科学院，2002 年成为欧洲科学院院士，并且是美国犹他州医学院著名教授、人类基因系两位主任之一。2007 年 10 月 8 日，瑞典卡罗林斯卡医学院宣布，将 2007 年诺贝尔生理学和医学奖授予卡佩基和另外一位科学家，以表彰他们在“基因靶向”技术方面的突出贡献。此时的卡佩基已经七十岁。

天空几朵云彩在飘零，夕阳迟迟不忍落下，熟悉卡佩基的朋友都知道，他还有一个愿望没有实现。就在此时，玛列妮从奥地利报纸和电视上看到马里奥·卡佩基的名字时，不禁激动地浑身颤抖。她感觉这位现年七十岁的诺贝尔奖得主很像她在意大利时“死去多年”的哥哥！不久，玛列妮将一组近照传给了远在美国盐湖城的卡佩基。收到照片后，卡佩基一眼便认出了和母亲长得实在太像的妹妹。

2008 年 5 月 23 日，这对失散六十多年的兄妹终于在意大利北部的一个饭店重逢。虽然卡佩基不会说德语，玛列妮不会说英语，而两人又都不会说意大利语，但他们的两颗心却在不停地对话。两位年近古稀的老人各自拿着对方的照片，紧紧相拥、泪如泉涌。

事后，卡佩基对媒体说：“我最初搞遗传学研究，没有什么宏大的梦想，只是想通过研究遗传学找到“二战”失散的妹妹，虽然多年来我尝试很多途径都没有音讯，但我知道她还活着，我不会放弃，我坚信总有一天会和我的科学梦想一样实现这个目标。这不，上帝让我实现了！”

丁当的水晶心

羽毛

翻看丁当的那篇作文时，毫无防备的刘老师大吃一惊。这个十二岁孩子的稚嫩笔迹里，分明隐藏着成人般的痛苦秘密。

丁当在作文里描述："我的妈妈很爱笑，很爱我，每天晚上搂着我睡觉，可是慢慢她就变了。七岁那年，她带我去单位，别人问我是谁，她红着脸解释，这是别人的孩子！我差点儿大哭一场！还有一次，我在妈妈的手提包里，翻出了一张合照：妈妈穿着洁白的婚纱，依偎在一位叔叔的怀里——难道，妈妈喜欢上了别人？"

虽然满腹疑惑，早熟的丁当却把痛苦强压在心底。不久，母亲就从她的生活中彻底消失了，父亲不去打听，她也放弃追问，但是五年来，她无时无刻不在思念母亲，希望找到母亲，三人其乐融融地生活。

“妈妈，五年了，您在哪里？为什么抛弃我们，和别的叔叔在一起？让我更伤心的是，这个秘密我一直瞒着爸爸，怕他更加难过。”

刘老师深感同情，特意把丁当喊到办公室，鼓励她的坚强。

有天放学后，丁当又邀请刘老师去她家，“请您看看我的母亲。”在那间寒酸局促的小屋里，丁当从床底下摸出了一个小红箱子，神秘地说：“我妈妈就在盒子里。”

打开盒子，刘老师舒了一口气：原来只是两张照片。

一张是合照，一位年轻女子抱着小小的丁当，蹲在花丛下，两个人开心极了。另一张是单人照，那位女子身着蓝底白花的连衣裙，长发飞扬，笑靥如花。

丁当抚摸着照片，眼泪夺眶而出：“我妈妈曾经非常爱我，现在却离开了我。”

丁当的母亲究竟现在何方？次日，在烈日暴晒的街头，刘老师找到丁当的父亲，想和他谈谈丁当长达五年的忧愁。

父亲丁永飞已经五十八岁，是现代版的骆驼祥子，以蹬三轮车为生。白色汗衫配补丁裤子，寒酸而不落魄，透着干净利落。别的年轻车夫们挤对他：“头发都白了，还这么拼命挣钱，为哪样啊！”他嘿嘿一笑，说：“夏天到了，要给女儿买条新裙子呀！她成绩好，孝顺懂事，好吃的都留给我……”

那张黝黑的脸上透出的幸福，让刘老师有些感动。而接下来街头的对话，却透露了一个大秘密。

问及孩子的母亲时，丁父犹豫半晌，才憨厚地回答：“其实我没有结过婚，丁当是我收养的弃婴。我怕丁当难过，十二年来一直瞒着，您可千万别跟她说啊。”

刘老师难以置信地反驳：“可是丁当连母亲的照片都保存着啊。”

听完老师的描述，丁父恍然大悟地说：“原来那位妈妈是她哦！”

照片上的女子，原来是丁当的邻居，热情善良，从丁当三四岁起就开始照顾她，下了班就把丁当带到自家玩儿，丁父也会买米买油加以酬谢。小丁当以为她就是“妈妈”，一声声地喊着，而女邻居也不忍拂意一一应答。

但她毕竟是未婚女子，带丁当去单位时，不免要解释并非亲生。丁当七岁时，邻居结婚搬家，离开了丁当。

丁父也很奇怪，为何当时孩子不哭不闹，对“妈妈”的离开并不追问，反而更加乖巧懂事。只有一次，丁当问：“爸爸，别的孩子都有妈妈，为什么我没有？”为了隐瞒孩子的身世，口舌笨拙的丁父只好编造了一个苦涩的爱情故事，哪知道刚好和女儿的臆测相符！

五年来，丁当无数次偷偷拿出“妈妈”的照片，思念落泪，却假装坚强，独自承担着沉重的“秘密”。那“无忧无虑”的笑容，不过源自一颗童心对父亲最温柔的体恤和爱。

刘老师湿了眼睛，说：“告诉孩子真相吧。与其让她误解自己被母亲抛弃，不如让她知道，她有一位用心良苦的父亲。”

丁父几经考虑，终于同意。

在得知真相的一刹那，一向成熟自制的丁当号啕大哭。丁父语无伦次地解释：“乖，你就是爸的亲生女儿，对不起，对不起！”

哭了好半天，丁当终于安静下来，红肿着眼睛告诉老师：“养育了我十几年的爸爸，居然不是我的亲爸爸……却对我比任何人都好！我从来没有怀疑他不是我的亲爸爸！”

丁父在一旁掉了泪，丁当侧身帮他擦去眼泪，轻声地说：“爸爸，我不要再为了‘妈妈’的秘密而痛苦，而要为了您好好学习。将来我要考上大学，买栋大房子，您再也不用起早贪黑、风吹雨打，每天都能吃到好吃的大碗牛肉面，睡到太阳升起老高！”

这个彼此长久隐瞒、结局令人唏嘘的故事，让所有人看到了幼苗对苍树的体恤，看到了粗糙生活不能磨损的真情，看到了秘密背后，父女同样剔透美好的水晶心。

孩子，你为什么不哭

韩少功

多多这个小浑蛋也喜欢摇滚，真是让人奇怪。他是老木的第二个儿子，在香港的花花世界里长大，从不好好读书，最后被父亲押送回内地来重读补课，一脸的愁云惨雾。妈妈提着大包小包来看过他一次，不过当时她手里的股票被套，一个新办的药厂又遭遇危机，有几千箱药变质了，她就像鲁迅小说《祝福》里的祥林嫂，逢人便说她的新药，说药品的质量其实很好，反而没有和儿子说上多少话。她的新药推介开始还让人颇感兴趣，反复唠叨的结果，是任何人能躲多远就躲多远。

她终于唠叨出肝癌，开始瞒着多多，怕扰乱他读书的心绪；后来又决计告诉他，无非是想用大祸临头的压力，打掉他的懒散和轻浮，激发他自救图强的斗志。但“癌症”一词并未让多多面色大变，他甚至目光游移，挠了挠鼻子，揉了揉衣角，不一会儿就去看他的卡通书，在那边“咯咯咯”地笑得拍床打椅。

作为老木当年的“插友”，鲁爷是小少爷在内地的看护者，差点儿被这种笑声气晕，忍不住咬牙切齿道：“你是个畜生吗？你怎么还敢看卡通？你懂不懂癌症？癌症！”

小少爷被鲁爷吓得面色惨白，自觉有错，把卡通书塞进抽屉。但这种负疚感只保持了几分钟，就像他平时偷钱、逃学、交白卷以后的负疚感只能保持几分钟一样，他很快就歪在椅子上呼呼睡着了。

鲁爷气得一时没脾气了。

几个月后，多多的母亲经过内地几家大医院的治疗后，病逝于香港。鲁爷把多多送回香港，向他母亲的遗体告别。母亲已经瘦成床上小小的一撮，头发脱尽，在殡仪工给她调整假发的时候，暴露出一个光光的脑袋。

据说她死前声音已经喑哑，双目已经失明，眼里总是涌出糨糊状的黄色脓汁，得靠旁人一次次抹去，不然就盖满眼眶。但她到了这种地步仍然一刻不安宁，坚持要锻炼，要下床行走，摸索着周围的墙壁或者窗台，希望自己的咬紧牙关和不顾一切的挺住能够带来奇迹。她说她还不能死，多多还太小啊。

小少爷面对躺在花丛里的母亲仍然没有什么悲痛，他呆若木鸡，偷偷地瞅瞅这个或者那个长辈，似乎擦了一下眼睛，也没擦出什么泪光。倒是在走出太平间后，他有了下课似的如释重负。

回到家里更有欢天喜地的自我补偿，开冰箱吃美国草莓，开电视机找卡通片，深深陷入沙发里再把双脚架向空中。见鲁爷是第一次到他家，是第一次到香港，便热情万丈地请他四处参观，大大咧咧地指导他如何使用浴缸按摩器，如何使用电话子母机，如何差遣菲律宾女佣，喝威士忌的杯子如何不能用来喝葡萄酒，而喝葡萄酒的杯子如何不能用来喝啤酒……在他看来，鲁爷这个内地“干爹”太土气了，太没有见识了，连用杯子的规矩都不知道。他许诺，过几天带干爹去逛逛中环和铜锣湾，找个有档次的夜总会好好乐一乐。

他的热心教导使鲁爷怒气冲冲，仗着几个月来的看护之功，也憋着对老木养子不教的怒气，当着他父亲的面，给多多来了一记耳光：“畜生，你就忍不了这几天吗？你还敢看电视？！”多多捂住脸，看了父亲一眼，偷偷溜出门去。

但门那边还是没有哭声，静了一阵，发出“哗哗”翻画报的声音。这一切让老木也不无难堪。与鲁爷谈话的时候，他百思不解，说妻子最疼爱并且寄予希望最多的就是多多，但这小王八蛋居然没有为母亲之死流下一滴泪，真是邪了。他相信这就是命，是孽障啊，报应啊。

老木放声大哭了一场。

直到很多天以后，直到多多又回到内地，鲁爷才发现他其实也有无泪的苦恼，也在惦记着妈妈。他给一位香港女同学的电子邮件是这样说的：“……我真想像别人一样爱我的妈妈，对我妈妈的死表示悲痛，但我怎么也做不到，我想了种种办法还是做不到，我怎么办啊……”

我也认识这个孩子，知道他并不是特别坏。家里一只小狗病死的时候，他是伤心落泪的，整整一天不想吃饭。他家里以前那个菲律宾女佣兰蒂离开时，他也是失魂落魄的，三天两头就要给兰蒂阿姨打电话，甚至偷了父母的钱去公用电话亭。他并不冷血，并不缺乏情感。事实上，他对父母没有感情，只是因为他缺乏父母。他的父亲只是每个月开出来的支票，是衣橱里陌生男人的领带和桌子上的肮脏的烟灰碟，除此之外就只是一个没有踪影的空空的概念，这个概念叫“父亲”。他母亲也总是不在家，忙着股票和药厂的生意，特别是把他送回内地托人看护之后，母亲也成了一个可以知道却很难看见的概念。他的母亲是什么？不过是经常托人捎来的大堆玩具、零食、时装以及最先进的电脑，是电话筒里一个叫作母亲的女人时而严斥时而哀求的唠叨。

人们悼念亲人时常说“音容宛在”，忍不住的悲情必然来自记忆中的“音”和“容”，来自一只手的抚摸，一双眼睛的凝视，一个背着孩子找医院的宽大背脊，一柄盛夏之夜给孩子带来凉爽的蒲扇，一次给孩子带来喜悦的全家出游和野外游戏。这就是父母——哪怕是孩子犯错误时父母的暴跳如雷，甚至大打出手，也能在孩子心目中构成回忆的切实依据。

如果老木两口子无法给多多提供这一切，如果他们总是用封闭式贵族学校、他人托管一类的方式使自己远离孩子，无法提供给孩子得以清晰辨认的父母面目，他们就没有理由强求孩子面对记忆中的一片空白而流泪，也没有理由奇怪于孩子竟把情感交给了一条狗或一个女佣。

孩子是一心一意要悲痛的，只是“爸爸”和“妈妈”的空空的概念无法让他悲痛。那些确实昂贵而且华丽的儿童消费品，它们与商场里的万千消费品没什么两样，并不能给“家庭”这个词填充感觉，孩子无法冲着一个搬到家里来的商场“哇哇哇”地痛哭。

多分一些爱给父母

若玛

许巍是个有故事的人，只是他不擅言谈，你问三句，他未必能答一句。只有谈起自己的父母，他才会露出难得的谈兴，尤其是谈到年迈的双亲陪伴自己战胜抑郁症的时候，他数度湿了眼眶，那份真情流露令人动容。

唯一舍弃不了的，是对父母的爱与责任

大概是 2003 年吧，我在音乐创作上遇到瓶颈，当时心情很不好，不想听自己写的歌，可又写不出来满意的作品，那种感觉很可怕，很郁闷。

最可怕的是，心一天天封闭起来了，不想见人，不愿和任何人交流，包括我的妻子。有时候，我觉得自己的心像一座月光下的孤岛，没有人能够走进去。我开始想到了死，并钻牛角尖地认为如果创作生命已经终结，那么生存在这个世界上已经没有什么价值了。那时候我住在五楼，有一天凌晨，我模模糊糊地听见一个声音对我说："你跳楼吧，如果你不跳，我就看不起你。"我起床走到了阳台上，爬到了窗户外面，站在空调室外机上，很危险。就在这时，妻子过来了，她死死地抓住我。妻子把我送进了医院，一检查，我得了重度抑郁症。妻子慌了，把我的父母从西安接到了北京。非常奇怪的是，看到父母，我的眼泪一下子就流下来了，要知道这之前我大概有两年没流过泪了，没有什么能打动我。我妈抱着我哭，我爸还是一贯的冷静，在一边淡淡地说："哭啥？有病就治，没什么大不了的！"父母都在身边，我的心一下子就放松了，踏实了。那天晚上，我罕见地睡了一个好觉。

可是，自杀的念头还是在我心里挥之不去。看着父母，我总是忍不住向他们交代一些后事，比如我的存折放在哪里，密码是多少，还有如果他们以后生病了可以找谁之类的话。我妈一听我说这些就哭："你不要说这些，我不想听。"我爸一声不吭地抽烟。现在想起来自己真是残忍啊，怎么会和自己的父母说这些呢，他们当时心理上承受了多大的压力是我无法体会的。

我一直没有放弃自杀的念头，直到有一天母亲和我聊天，说，西安的街坊邻居看到我爸都会和他打招呼："你儿子在北京？有个这么出息的儿子，你算是享福了。"我爸就会得意地点点头，笑着从人们羡慕的目光中走过，美得不行。"如果你死了，我和你爸也不回西安了，我们就在北京流浪，要不回去碰见邻居问起你，我们该咋说？”

母亲的话让我一下子醒了过来。

那天深夜，我起床走到父亲床前，跪在地板上轻轻地说：“爸爸，你相信我，我不会自杀了，我一定要活着给你们养老送终。”黑暗里，父亲伸出手拍了拍我的肩膀，什么也没有说，可是我能够感受到他手指尖传递出的极力隐忍的战栗。

父母和我一起战胜抑郁

病在我的身上，可是父母所受的煎熬却比我更多。父亲到处求医问药，只要听说哪里有治疗抑郁症的讲座，不论多远，他都会风雨无阻地倒好几趟车赶去听，认真地记笔记。有一次，父亲听说夜跑能够缓解失眠的症状，他就拉着我天天晚上跑步。深夜，大街上寂静无人，只有白发苍苍的父亲陪着我跑步，我甚至能听到他粗重的喘息声。跑完步，父亲总是先让我洗澡，再督促我睡觉，而他自己总说不困，就坐在沙发上看电视。其实他经常悄悄推开房间门看看我睡着没有。后来，我的失眠治好了，父亲却开始失眠了，晚上一定要跑步之后才能睡着。于是，每天晚上跑步就成了我们父子俩的保留节目。

得了抑郁症之后我不愿意见人，不愿意碰吉他，也不愿意和外界接触。父亲对此很担心。他悄悄拿走了我的电话本，挨个儿给我的朋友们打电话，邀请人家来家里玩。父亲并不知道电话本上的那些名字哪些是我的好朋友，哪些是泛泛之交，所以经常遭到冷遇。不过，有些朋友从父亲口中得知我的情况后，二话不说就赶来看我。

臧天朔来的时候，带了一车的乐器，把他乐队的人也都拉来了，在我家客厅里吹拉弹唱。我置身于久违的音乐氛围中，浑身起鸡皮疙瘩。老臧把一把吉他塞到我的手里，我一弹吉他，一听到音符从我手底下飘出来，眼泪一下子就控制不住了，捂着脸哭得稀里哗啦，好像心里有一层坚硬的壳被打破了，有些失落，更多的是放松。父亲坐在角落里看着我，脸上的笑容安详而满足。母亲帮不上什么忙，或者说不知道该为儿子做些什么，就变着法子给我做好吃的。母亲每天都要把我小时候爱吃的东西挨个儿说一遍，一边说一边观察我的反应，只要我稍稍表现出一点儿兴趣，她就会给我做。为了保证食材新鲜，母亲不去家门口的小菜市场，而是早上 5 点多钟就起床去离家很远的早市。饭菜做好后，母亲就端给我，然后小心翼翼地观察我的神情。如果我吃得很香，她就像得到了什么奖励般一整天都高兴得合不拢嘴，似乎我能好好吃饭就是对她天大的回报。

有一次，我无意中和母亲说起北京的辣椒没有老家的正宗，只辣不香。本来无心的一句话，母亲却当了真，立即给老家的亲戚打电话，让他们帮忙买辣椒寄过来。怕在电话里说不清，母亲竟然在纸上详细地画出辣椒的图样，用特快专递给人家寄去。可怜天下父母心啊！

在监督我吃药上，母亲一点儿都不含糊，什么药应该饱腹吃、什么药应该睡前吃，她都一一写在纸上，每天按时按点把药给我备好，看着我吃下去。她从未记错过我的吃药时间和服药数量，可是她自己患高血压却常常忘记吃药。

经过父母的精心照料和药物治疗，我的身体慢慢康复了，最直接的一个表现就是我对很多事情开始有兴趣了：我会和父母一起去公园野餐，请朋友来家里吃饭，和父母去看电影……我从未想过这些事情父母是不是真正感兴趣，而对于我的任何提议，他们都是举双手赞成——只要儿子高兴，他们怎么都行。

三十岁后学会拥抱父母

得了一场病，却让我有时间和父母朝夕相处。这么多年来，我都是一把吉他走天涯，从没觉得父母是多么重要的人，更没有在他们身上花费过心思，可以说我是个不折不扣的浪子。从小到大，我甚至对父母有许多不满，觉得他们不理解我，嫌弃他们没有丝毫的艺术细胞，和我没有共同语言，总想着怎样摆脱他们……

记得十几岁的时候，一次，我离家出走去了南京，可混了几天都没有找到工作，只好灰溜溜地回来了。那是一个下午，家里没有人，我自己拿钥匙开了门，然后到厨房里把剩菜剩饭席卷一空，吃完就倒在沙发上睡着了。迷迷糊糊中，父亲进来了，坐到我旁边，伸手摸了摸我的脸，又进屋拿了条毯子盖在我身上。看见失踪了几天的儿子突然回来了，我想父亲的心里一定是百感交集的，可是等我醒了，他还是一副冷冰冰的样子。我们中国人就是这样，心里有话，嘴上却说不出，不善于表达感情。

这次因为生病和父母在一起待了半年时间，父母总是回忆、玩味我小时候的种种趣事，他们说了很多遍都不觉得厌倦。末了，母亲总会意味深长地补充一句："你现在再有能耐也是从我肚子里出来的，是我的儿子。"她说这话时的那种满足和骄傲，给了我很大的震撼。其实，每个孩子都是父母的光荣，而孩子却常常体会不到老人的心思。我发现人老了之后就变得自卑了，担心孩子会厌烦自己，担心自己成为孩子的负担，所以老人喜欢回忆，因为回忆会让他们相信：这的的确确是我的血脉，是我的孩子啊！

有一天，我在书房写歌，写得很顺，于是高兴地走进客厅。父母正在看电视，我给他们一人一个大大的拥抱，父母顿时愣在那里。这可能是我成年后第一次拥抱他们，他们的神情就像是被一颗幸福的子弹击中，整个人都晕了。我记得那天一直到晚上，他们说话还有点儿语无伦次。母亲一直忙个不停，以此掩饰自己内心的激动；父亲在浴室洗澡的时候，竟然在哼歌。我觉得有些心酸，我的一个不经意的举动，竟然带给他们如此巨大的幸福感。

那之后，我就常常拥抱父母。再后来，似乎没有我的拥抱，他们已经不习惯了。

父母回西安的那天，我送他们去机场，回来后推开家门，觉得家里空荡荡的，但父母的气息还弥漫在每一个角落。我一下子就受不了了，坐在沙发上开始流泪。我在心里发了一个小小的誓：从今天开始，我要将我的时间、我的爱，多分一些给父母，否则，我会后悔一辈子。

父母在西安，我几乎每天都要给他们打电话，还上网和他们聊天，也经常给他们寄礼物。很多朋友都觉得很惊奇：“你真有耐心，你不烦吗？”我不烦，真的，我越来越意识到，为父母做的每一点每一滴，即使多年之后，仍然会让我感到十分欣慰。

一休的家书

马明博

看过动画片《聪明的一休》的人，都喜欢一休的智慧与乐观。一休和尚是一位真实的日本历史人物，也是日本佛教史上影响甚巨的禅师。他的母亲是室町时代天皇的一位妃子，在宫廷斗争的倾轧中被迫离开皇宫，寄身寺院。

大家或许不知道，《聪明的一休》片尾曲，其实是身在寺院的一休写给母亲的一封信。

母亲大人：

您好吗？昨晚，我在杉树的枝头，看到一颗明亮的星星。星星凝视着我，就像妈妈一样，非常温柔。我对星星说：不能沮丧哦，是男孩子嘛；如果寂寞的话，我会再来找你说话的。

什么时候呢？有一天也许会的。就写到这里吧，期待您的回信，母亲大人。

一休

母亲大人：

您好吗？昨天，寺里的小猫被邻村的人带走了。小猫哭了，紧紧抱着猫妈妈不放。我对小猫说：乖，别哭了，你不会寂寞的。你是个男孩子，对吧？会再见到妈妈的。什么时候呢？总有一天，一定。就写到这里吧，期待您的回信，母亲大人。

一休

聪明的一休，这位对着星星、小猫说话的小和尚，内心是多么渴望母亲的爱！

母亲是不是及时回复一休的信，不得而知。

然而，一休的母亲在禅宗史上却留下了一封了不起的信，那是她去世前写给一休的。

一休：

我即将度完此生，复归永恒。我希望你好好用功，明悟佛法。只有这样，你才会知道，我是进了地狱，还是一直和你在一起。如果你是个大丈夫，知道佛祖是你的仆人，你就应该放下经卷，去普度众生。世尊说法四十九年，却无一字可说，何以如此？你应知道。假如你不知道却想知道的话，那就避免去做无益的妄想。

佛法的目的，在于开悟众生。如果依赖任何方法，你就像一只无知的昆虫，虽然佛教法门有八万四千之多。如果你不能彻见自性的话，那你连这封信也不会看懂。

这是我的最后遗言。

家书弥足珍贵。故诗人说：家书抵万金。造就一代禅师的伟大母亲，她们的家书，岂止抵万金？

那段岁月，那份爱

张瑞胜

我的父母都是地地道道的陕北农民。我们这些孩子中姐姐最大，兄弟六个，我排行老四，生于1954年。

从记事起到参军，我好像就没吃过几顿饱饭，直到现在，我肚子一饿，心里就发慌，以为是低血糖，一检查，正常——这就是小时候饿怕了留下的毛病。

老家自然条件差，靠天吃饭，广种薄收。遇到天灾，就颗粒无收，吃粮不得不靠国家救济。

俗话说，“半大小子，吃死老子”。我们兄弟几个正是长身体的时候，肚子就像无底洞，永远也填不满，整天都感到饿。母亲只好精打细算，定量下锅，然后平均分配。红薯每人每顿最多只能分到两个，细心的母亲大小搭配着分给我们，而她自己总是吃最小、最差的。

虽说陕北农村贫穷落后，但生产队按工分分粮，而且农民还有点儿开荒种地的自由，因此那些劳力多、子女少的人家基本都能解决温饱问题。按说我们也可以不必挨饿，但父母立下宏愿，非让我们六个儿子都上学读书不可。家里人口多，只有父亲一个壮劳力，一年到头，吃饭的人多，干活的人少，怎能不挨饿呢？

学校食堂是交粮吃饭的，交什么就吃什么，吃多少就得交多少，收齐后统一供应。我们交不上细粮，下午如果吃白面条，我们就在早饭时多买一份四两的苞谷面团子，下午饭就用面汤或开水泡着吃。

我们总是感到饿，昼盼夜，夜盼昼，盼着吃饭，经常会饿得心慌意乱，六神无主。白天饿得不行了，就向食堂的大师傅要一点儿盐，放在水里再加上一点儿酸菜充饥；晚上饿得实在受不了，就爬起来到庄稼地里偷吃生南瓜、茄子、青西红柿和青枣。

记得一个夏天的早上，我交的粮都吃完了，也就没有饭吃了，我只能饿着肚子，苦等着放学回家吃饭。有个亲戚问我怎么不去吃饭，我如实相告。他从口袋里掏出一块变了味的苞谷面团子给我。我如获至宝，几口就吞了下去，连一点儿渣子都没掉。不一会儿，我就开始闹肚子了。肚子里本来就空，越拉越空，疼痛难忍，我只好请假回家。我走了两个多钟头才到家。母亲看到我的样子，焦急万分，她极麻利地给我做了一碗杂面汤，让我吃完后躺下休息，又到地里挖了些野菜给我煮水喝。经母亲的治疗，我的肚子不疼了，但几天都缓不过精气神来。

那时候，一年到头，我们每人连一双布鞋都难以保证。上学途中，只要是土路，我们就脱下鞋子，拿在手上，赤脚走路。公社收购站的破鞋堆就是我们的免费鞋店。不管什么颜色，无论男鞋、女鞋，只要能穿上就行。当地农民都穷，哪有鞋子还能穿就扔的？帮子不行，底子能用也行，自己稍作加工就是一双鞋子，虽说不伦不类，但是聊胜于无。一次，我找到了一只红色女鞋，一只蓝色女鞋，一只大点儿，一只小点儿，穿上后前面露脚趾，后面露脚跟，虽说是“前面卖生姜，后面卖鸭蛋”，还算能凑合，我很高兴。没想到，一进教室却招来哄堂大笑，我顿时羞得无地自容，自尊心受到很大的伤害。

我们一大家人住在一孔窑洞里，“吃不上，穿得破，住得挤，欠债多”，是对当年我们家的概括。为了当好这个穷家，不饿死人，母亲绞尽脑汁，省吃俭用，费尽了心血。为了给孩子们多弄点儿吃的，母亲不得不到山里寻找更多的“进口食品”。为了确保我们吃了安全，她总是自己先尝，有几次都因尝野菜而中毒，万幸的是中毒不深，经抢救后脱险。

在我的记忆里，母亲从未倒过剩饭、剩菜。夏天的剩饭、剩菜酸了，母亲就放点儿碱，热一热照样吃。刷锅水，清的给猪吃，稠的给鸡吃。我们吃饭的时候，如果不慎掉到桌子上一粒饭，母亲会毫不犹豫地捡起来放到嘴里。日子好起来以后，母亲仍然如此。

从我记事时起母亲就有病，她被病折磨了大半辈子。山区缺医少药，家里连糊口都难，根本无钱看病，母亲对付病魔的办法就是硬撑着。实在撑不住了，就躺下休息一会儿。病重时，起不来床，别说干农活，连饭都做不了。我们兄弟几个都是八九岁就开始学做饭的。母亲看我们可怜，常常强忍着病痛起来做饭，有几次都晕倒在地。病重的时候，母亲几乎到了崩溃的边缘，她叹息着说：“我这病啥时候能好呢？啥时候才能把你们抚养成人呢？啥时候给你们都成了家，我就可以闭眼了……我还能活到那一天吗……”我们兄弟几个的成人成才、成家立业，是压在母亲心头的几座大山，常压得她喘不过气来。她常说：“这家里要是饿死人咋办呢？”最艰难时，她曾动过将五弟送给一户有钱人家的念头，当人家来领人时，终因骨肉难舍而向人家道歉作罢。

那时，村里经常有讨饭的人上门，尽管我们家穷，但是母亲每次都会给他们一点儿，她总是说：“我们总比讨饭的强点儿，至少还支着锅灶。就算没吃的，烧上一壶开水，让他暖暖身子也好啊。”

母亲总有操不完的心，劳不完的神。家人、亲戚她都惦记着，但最放不下的还是我们几个孩子。在母亲的培养下，我们一个个都远走高飞了，但不管我们走多远，都走不出母亲对我们的牵挂和思念。

有一年，我和妻子回家探亲，妻子随便说了一句酸枣好吃，母亲就暗自记在心上。第二年，年迈的母亲拖着病体到山里采摘酸枣，晾干后托人从县城捎到延安，从延安捎到西安，又从西安捎到兰州。那一包饱含母亲心血的酸枣经过一个多月才送到我们的手中。每每想起，我的心里都酸酸的，暖暖的。

古语说：“树欲静而风不止，子欲养而亲不待。”

母亲在世时，我常思念母亲，牵挂她的冷暖，但有时连一封信也懒得写，还常以远在千里、忠孝不能两全来宽慰自己；母亲去世后，我在对母亲的深深思念中自责、悔过，常常以泪洗面，甚至有时独自失声痛哭。我曾多次祈求上苍原谅我的不孝，但终究无法抹去我心中的愧疚……

我曾答应母亲带她去北京看看，这是母亲长久以来的愿望——一个一辈子没走出穷山沟的妇女，一个从旧社会走过来的小脚女人，对党感激不尽，多么渴望去看看天安门，看看毛主席生活过的中南海，但最终，我没有为她实现这个并不难实现的愿望。

母亲去世后不久，为了不再给自己留下遗憾，我带着父亲到北京看了天安门、中南海，这样，我受伤的心灵才稍感慰藉。

我少不更事，曾误以为让一直在苦日子里浸泡的母亲吃好、穿好就是对她老人家的孝顺了，其实不然。母亲去世后，我才听邻居们讲，曾经，我写给父母的信，她总是让别人一遍又一遍地读着，没人读时，母亲有时用双手握着信，长久地呆坐在那里……

母亲病危时，不让在县城工作的二哥、三哥告诉我，怕影响我的工作和前程，而她一直是多么牵挂她的孩子啊！她把对我的爱延续到她生命的最后一刻，也定格在那最后一刻……

请系上保险绳

李桂芳

女老师正在神采飞扬地讲课。学生们大张着眼睛，如一群饥饿的小鸟，正翘首期盼着鸟妈妈的哺育，又像一株株干枯的禾苗，正渴望着雨水的滋润。刘雅的目光本来也是紧紧追随老师的，像一盏明亮的聚光灯。可是，突然，她不经意瞥见了窗外的那个女人——对面教学楼外高高的脚手架上，一个女人正在吃力地攀爬。刘雅的心随着她艰难的攀爬，被牵扯得越来越疼，像被尖利的钢针刺着一样。深秋的风肆虐地刮着。女人背上吊着一根细细的保险绳，这让刘雅稍感安慰。她沿着纵横交错的脚手架，左一下，右一下，屈身，展臂，弯腰，终于爬到了终点。

在那儿，一只涂料桶正从空中吊下来，晃晃悠悠，像飘荡的秋千。女人手疾眼快，左手抓住脚手架，右手抓住晃荡的桶，将它稳稳放在自己脚边的木板上。然后，女人站在木板上，竟小心地解开了背上的保险绳。她左手抓着脚手架的钢管，右手麻利地拿着一把大刷子，弯腰在桶里蘸了涂料，挥手在墙上涂抹。左一下，右一下，刷子不停地挥舞，女人像一个豪放派画家。片刻，墙上就是白晃晃的一片。

刘雅的心悬起来，高高地悬到了半空里。她害怕女人从那七层楼高的脚手架上突然飘下来，像一片落叶。

这样想着，刘雅的心就生生地被撕裂似的疼起来。她的眼前出现了另一个女人的形象，那个与她心心相系的女人，那个让她放心不下的女人。

想着想着，刘雅的泪水就像一眼刚刚开掘的泉水，汩汩地涌出来。开始时无声无息，后来就控制不住地有了嘤嘤的声音。她索性趴在桌上，任那泪泉肆意地涌流。

“刘雅，你怎么了？怎么哭了？”所有的目光都被那嘤嘤的哭声吸引过来，刘雅被罩在惊诧和关切的目光里。女老师温柔地走上前，轻轻拍拍她抽动的双肩，爱怜地问：“是哪里不舒服吗？要不要送你去医务室？”

“不了，我自己去！”刘雅终于勇敢地抬起脸，老师看到一张满是泪水的脸。刘雅擦了一把泪，在老师关注的目光里走出了教室。

她并没有去医务室，她只是心病。那块心病，多少年都无法根除。她跑到学校的电话亭，快速拨通那个熟悉的号码。那边传来一个女人温柔的声音：“小雅，有什么事吗？妈妈正在脚手架上忙着呢，说话不方便，等会儿打给你好吗？”

“不，我就要现在跟你说话！”长这么大，刘雅第一次在电话里那么放肆地跟母亲撒娇。

“你怎么了，小雅？”母亲听出刘雅的哭声，紧张地问。

“妈妈，你系保险绳了吗？”

“没有呢，系了绳子，干活碍手碍脚的，不系，干得快一点儿。”母亲平静地回答。

“不，你赶快系上保险绳，赶快！”刘雅在电话里冲母亲吼道，“妈妈，你知道吗，今天，我在学校里看到一位跟你差不多年纪的阿姨也在脚手架上，她也没系保险绳，我担心死了！你竟然也没有系吗？妈妈，你快系上吧，我害怕！”刘雅的哭声在电话里那么凄厉无助，像深夜里无法归家的孩子的哀哭，撕心裂肺。

“妈妈知道了，我马上系，我听你的！小雅，妈妈的乖女儿，你长大了！妈妈真为你高兴啊！”母亲在电话那头的声音哽咽起来。

“妈妈，为了小雅，你一定要记得系保险绳，每天都系，好吗？少挣点儿钱没关系，妈妈，我再也不乱花钱了，不要手机了，不穿名牌衣服了，我只要妈妈好好的，永远和我在一起！”

“妈妈知道了，为了小雅，我每天都系保险绳，一定的，你放心！小雅，衣服穿厚点儿，天冷了，别冻着！”

妈妈的声音那么温和可亲，像深秋里那一抹暖暖的阳光。刘雅听着，抹把泪，说：“妈妈，我知道，你也一定多保重！我要你好好的，我们都好好的！”

那天中午，刘雅特地去了工棚，找到那个女人。她羞涩地笑着说：

“阿姨，我是这个学校的学生，上午看你在脚手架上没系保险绳，我好替你担心，真危险呀！请你以后系上保险绳，好吗？”

“为什么要对我说这些呢？”

女人满脸沧桑，眼角的皱纹刀刻一般。

“因为，我妈妈也跟你一样，在脚手架上干活；因为，你也有疼你的孩子。”刘雅动情地说。

下午，刘雅特地朝对面教学楼张望，那个女人果然系上了保险绳。女人背影单薄，她脑后飘散的头发在秋风里轻轻飞舞。

刘雅看着，泪又来了。

阿嬷的手尾钱

秦嗣林

这天一如往常，清晨 6 点多我便起床到公园去遛狗、运动，回到当铺才 7 点多。当时天刚微亮，正当我准备开门时，手上的狗链突然一紧，只听到小狗发出阵阵低吠声，我顿时警觉起来。

我紧张地四处张望，发现楼下的柱子后面竟有个畏畏缩缩的人影，直觉以为是歹徒要来行抢，便大声喝问：“你要干吗？”没想到对方却怯生生地回我话：“老板，我是来当东西的。”

原来是赶早的客人，看他的样子、听他说话也不像是个恶人。

于是我松了口气，边掏钥匙边说：“你不要躲在那边嘛！先生贵姓？请进，请进！”

我把他迎到铺子里，对方自称姓陈。我问他："陈先生想当什么？"他从怀里掏出一个铁制的饼干盒，打开铁盖，里面放着一个手提包，待拉链拉开，里头竟然满满的都是现钞。

我以为自己刚刚听错了话，误听成陈先生是来典当东西的，没想到他是来赎当的，因此赶紧改口道："陈先生，原来你要赎东西啊！麻烦你把当票一起给我。"但陈先生却摇了摇头，口气肯定地说："不是赎，我是来当东西的。"

我一时没反应过来，因为没看到任何可以当的东西啊！难道要当饼干盒？于是我又问他："那你要当什么？"他指了指饼干盒说："我要当这包钱。"

这可有点儿意思，我开当铺这么久，客人带着各种宝贝上门，无非是为了换钱，但生平头一次遇到带着"钱"来当"钱"的客人。

我百思不得其解，只好问他："你都有钱了，为什么还要当钱？"他听了一脸尴尬地搓着手说："唉！这个，总之这笔钱不能用啦！"我听了更加一头雾水了："不能用？难道这些钱是假钞吗？如果是假钞，你赶紧拿走，我绝对不能收。"他急忙解释："不是假的啦！我不知道要怎么跟你讲，但是这笔钱我真的不能花掉。"我继续追问："如果是真钞为什么不能用？钱就是钱啊！"没想到我这一说竟逼出了他的眼泪，他万分为难地说："因为这是……这是我阿嬷给我的手尾钱。"

在台湾民间有个风俗习惯：老人家若意识到自己将不久于人世，便会像过年包压岁钱一样，发给每个晚辈一笔数额不大的钱，除了留给子孙当纪念，还有保佑后辈财源滚滚之意，是谓"手尾钱"。这与现在出殡做法事时，师父发给家属的一块两块钱不太一样。

我被这笔钱的来历吓了一跳，示意陈先生继续往下说。只见他眼眶里泛着泪水，幽幽道出了尘封已久的往事。一听之下，才发现原来他与在基隆名号响亮的颜氏有着血亲关系。

台湾北部的雨都基隆有个望族颜氏，在当地赫赫有名。族中有一位颜老太太，年轻时嫁入豪门，生活优渥，子孙瓜瓞绵绵。虽然儿孙众多，但她独独宠爱身为外孙的陈先生。只可惜陈先生从小不学无术，长大后竟沉迷赌海。

为了赌博，陈先生将家里可以变卖的东西全换成了赌本。俗话说“久赌神仙输”，几年赌下来，自然落得个负债累累的下场。一开始亲戚朋友还会苦口婆心地劝他，但他始终执迷不悟，因此众叛亲离也在意料之中，最后只剩下颜老太太始终护着她的宝贝外孙。

不论何时，只要陈先生开口，颜老太太一定会给他钱。即使手头不方便，她也会借口自己需要花费，设法跟其他儿孙要钱。后生晚辈自然知道颜老太太的目的，每次总会劝她别再理会陈先生，只是阿嬷疼爱外孙的感情大过理智，颜老太太还是一次又一次地资助了陈先生。

任何人都敌不过时间的摧残，颜老太太也快走到人生的终点了。临终前，她特地把陈先生叫到病榻前，用布满皱纹的手抚着他的头，苦口婆心地说：“乖孙子，别再赌了，阿嬷在世的时候还能照顾你，等我走了，还有谁能护着你？你也不小了，赶紧找一个正经工作，安定下来，好让我放心。”颜老太太将晚辈给的钱省了下来，包了一份二十万的手尾钱给陈先生，也就是现在放在饼干盒里的这笔钱。

可惜的是，陈先生当时并未听从外婆的教诲，加上游手好闲已久，因此在颜老太太过世后，始终没有改过自新。

又过了几年，陈先生才终于戒了赌，并打算在林森北路摆摊卖小吃，重新步入正轨。可是摆摊需要本钱买摊车和基本食材，由于年轻时恶名昭彰，纵使他拍胸脯保证自己已改过自新，亲友们依然认定这只是他再一次骗赌本的表演，最后竟落到连买餐车的基本费用都借不到的窘境。不得已，只能上当铺周转。

他尴尬地告诉我："这笔钱不能存进银行，因为存进去再领出来就不是原来的钞票了！现在我手上没有创业的资金，也没人愿意借钱给我，这笔手尾钱是阿嬷对我的期待，我绝对不能花。想来想去没别的办法，所以想请你帮我保管，借我一笔做生意的本钱。"

事情的前因后果把我听傻了，原来这一笔钱不只是钞票，还包含着阿嬷对外孙最后的嘱咐。听完故事，看着面前的人，再看看眼前的钞票，我深刻体会到陈先生重新做人的决心，于是暗下决心帮他这个忙。他会找上我，或许也是冥冥之中颜老太太的指引吧。

我低头随意检查包里的钞票，发现里头有些已经是现在市面上不再流通的旧钞了，但我还是问陈先生："这里面有多少？"他答："总共二十万。"

一般当铺收取物品一定都是以低于市价好几折的价钱支付，而这个"商品"虽然不同于其他，但也不能以原价计算。我一沉吟，最后算了十九万给他。

一旦决定收下，问题就来了。一般的典当品通常都要收入库房，但是手尾钱毕竟代表了阴阳两隔，意义也不相同，收入库似乎不太妥当。左思右想后，我决定把"它"放进冰箱，既不会被虫咬，也不容易变质。陈先生直说没关系，只要好好保管就行。

之后，陈先生带着创业资金先是开了间海鲜小炒店，因为用心烹调、认真经营，很快就在地方上打出了名号。只过了一个多月，他就来赎回了手尾钱。据说创业成功之后，他还涉足士林的餐饮业，为自己的人生重新燃起了希望。

俗话说“浪子回头金不换”。当初我看到陈先生将饼干盒自怀中拿出来时的眼神，已非昔日那个“今朝有酒今朝醉”的纨绔子弟了。过去的荒唐让他失去了优越的物质生活与亲友的信任，但是始终没放弃他的阿嬷，借着离开人世前的手尾钱，换回了陈先生的大彻大悟和回头是岸的人生下半场。

每个人一生当中都会受到许多人的照顾，不管是来自亲人还是朋友，但我们却往往不知不觉，甚至习以为常，等到失去时才懂得珍惜。人的一生虽然有许多事情能够有重来的机会，比如金钱、事业等，但只有情感是一旦失去就无法重来的，尤其是那些来不及回报的情感，这也是人生最珍贵的东西。不要让这些来不及变成人生的遗憾。

看着亲人的脸

鲍尔吉·原野

不久前，我去俄罗斯联邦的图瓦共和国游历。在该国的首都克孜勒市，星期天的大街上行人稀少。这里的人民经济富足，虽然商店里面物品并不奢华——这是对照西方社会的消费观念而言。然而到哪里去找他们的国民呢？

图瓦国的艺术科学院院长告诉我：“人们都在家里。”

我问：“休假日人们不出来散步或购物吗？”

院长说：“购物？只有日本人、韩国人还有你们中国人才购物，我们在家里喝茶。图瓦人喜欢待在家里，说说话，看着亲人的脸。”

我被“看着亲人的脸”这句话所打动。

我对于所有亲情的忆念都没有离开“亲人的脸”。

并不是血缘或上帝为你规定了大哥、小弟、四舅母、老叔这些亲情位置就完成了一个人的使命，并不是逢年过节拜访亲友之后就圆了面子上的事。亲情要推动与构建，像用一砖一瓦盖一座房子。

亲情需要经营。

经营这个词稍显商业化，但用心经营就与商业无关了。图瓦人像孔子一样热爱家庭。别人告诉我，图瓦的总统先生常和夫人一道在百货大楼里面背着手溜达。回过来说圣人孔夫子。孔子时时说国，处处说家。咱们仔细琢磨一下他老人家的思路，孔子其实以家说国，以亲情比喻社会秩序。他怕莽撞的人生不到位，多次说到仁，说义，说忠恕，说礼。当一切事情做好之际，自然合乎于礼。礼是孔子对世界大同的美好推想，相当于社会和谐。

亲情是一种修炼。

实事求是地讲，有的人对血亲寡于恩，对友人重于情。这一种情形并不少见。当一个人对已然设定的亲情尚不够亲，怎么说得上与两姓旁人亲呢？亲戚不亲，无非是亲戚软弱。亲情不可以用实力衡量，这并不是一场军事演习。当一个人怀着爱经营亲情的时候，首先满足的是自己的需求——这也是生物学的召唤，然后是什么？是榜样，是从自己做起，以血水奔流的方式串起家族的每一个人的热望，共赴亲情。

上述这番话说出口有一些幼稚，亲情还需要召唤吗？怎么不需要？如今夫妻间两口子的时光尚被电视机霸占，两口子尚不知晓对方近况，怎能不呼唤亲情？

亲情是建设，是一条需要用心用钱铺设的高速公路。

现今的媒体宣传上，把“亲情”给外化了。即，重视对素不相识之人的关心照顾，谓之“不是亲人胜似亲人”。这当然好，属于仁慈。但“已是亲人”还算不算亲人呢？我见过一些人，包括一些英雄模范人物，他们好像得了一种病。这种病的特征是——六亲不认，践踏亲情。

其实英模人物未必如此，一定是我们的文化出了问题。这一种文化有时会过度强调牺牲，而后才把六亲不认视为大义。如果真的如此，社会还会和谐吗？子曰：过犹不及。自我牺牲精神固然高尚，但超越了尺度，不异冷血。

孔子在他的学说中先设定一个人是爱家派，接着推演，将其化作爱国派。在由家而国之论证中，孔子考虑尺度，“过”不好，“不及”亦不好，中庸最好。他老人家教导我们：亲力亲为、亲人相亲。

巴黎、伦敦和许多地方的人们都在杜绝电视机，家人聚在一起，“看着亲人的脸”。彼此襄助鼓励，这果真是一个美好的场景。